사랑의 불꽃

다시 만난다면 사랑한다고 말하고 싶어

차례

들어가며

이 책은 연세대학교 미래캠퍼스 [근대미디어자료읽기] 캡스톤 디자인 수업의 일환으로 제작되었다. 팀원 전원이 국어국문학과 학부생으로 구성되었기 때문에, 전공과목에서 배운 '근대' 지식을 활용하여 과제에서 전공에 대한 전문성이 두드러질 수 있는 방향으로 기획하였다. 근대 시기의 존재하는 수많은 텍스트 중 당대 상황을 충분히 반영하고, 재조명할 의의가 있는 작품을 검토해보았으며 그 결과 노자영의 연애 서간집 『사랑의 불꽃』이 메인 텍스트로 선정되었다. 해당 작품을 통해 잊혀진 근대의 베스트셀러를 다시금 사람들에게 각인시키고자 한다.

『사랑의 불꽃』은 당대 베스트셀러 서적임에도 불구하고 '사랑'과 '연애'를 절제 없이 다뤘다는 이유로 문단에서 배척받은 작품이다. 그러한 작품이 현대에 재창작되었을 때, 사랑 이야기로 점철된 21세기 독자들에게 어떻게 다가올지 주목해보려 한다.

이 글을 읽는 당신에게

"우리 사회에도 '사랑'이라는 말이 많이 유행합니다. 더욱이 사랑에 울고, 사람에 웃는 사람이, 적지 아니한 듯하외다. 이때를 당하여, 진정한 의미의 연애서간집을 발행하는 것도 결코 무의미한 일이 아닐까 합니다. 이 적은 책자 중에는, 방금 우리 사회에 있는 여러 가지 모양을 수집하였으며, 따라서 그 대부분은, 사실 그대로의 편지외다. 이것을 보시면, 어떤 의미에 있어서, 우리 청년계의 사상을 짐작할 수도 있을 것이외다.

나중으로, 이 책자는, 현대 지명의 문사들이 각각 한두 편씩 붓을 든 것이며 따라서 그 내용은 단편소설이나 소품문으로도 당당한 가치가 있다는 것을 말하여 둡니다.

1923년 1월 24일 편자 식."

1923년, 대중들의 마음을 사로잡은 베스트셀러가 있었어. 당대 남녀들의 낭만적이면서도 비극적인 자유 연애가 담긴 '연애 서간집'이었는데, 이 책은 하루에 삼사십권씩 날개 달린 듯 팔려나갔다는 거야. 너무 잘 팔려서 조선일보 기사에도 실렸어. 기사 내용을 좀 가져와 봤는데 한 번 볼래?

"이천 권이 팔리고 그 후에 다시 천 권을 박았으나 벌써 거의 반이나 팔린 중에 있어서 금년에 판매된 것으로 최다수를 점령하였고..." 조선 일보 / 1923.12.25 기사

그야말로 엄청난 베스트셀러였던 거지. 이 책의 이름은 바로 『사랑의 불꽃』. 작가의 이름은 '노자영'이야. 1900년 황해도에서 태어난 노자영은 잡지 《청춘》부터 『부활』, 『무정』, 『젊은 베르테르의 슬픔』같은 여러 문학 작품을 사랑한 문학 청년이었어. 문학은 지루한 교사 생활의 유일한 기쁨이자 자유였지.

그러다가 마침내 1920년, 노자영은 교사직을 사임하고 고향을 떠나 서울로 떠나게 돼. 문학을 사랑했던 노자영은 한성도서주식회사에 입사해 《서울》과 《학생》이라는 잡지의 편집과 교양 서적 번역을 맡게 되지. 어느 날, 영업국장 김진헌이 '연애 서간집' 출판을 제안해 왔어. 마침 《동아일보》에 가상의 연애편지를 실었던 경험이 있는 노자영은 적극적으로 호응하며 다른 소설가들에게 원고를 부탁했어. 그리고 마침내 본인이 주도해서 기획하고 편집한 『사랑의 불꽃』을 발간하게 되었지.

　그런데 막상 책은 '미국 선교사 오은서'라는 가명으로 출간되었대! 노자영이 가명을 쓴 이유는 정확하지는 않지만, 남녀의 사랑, 자유 연애라는 주제에 대한 비판을 예방하기 위해서가 아닐까 추측하고 있어. 그 당시는 지금보다 자유 연애를 당당하게 드러낼 수 없었으니까.

　『사랑의 불꽃』의 엄청난 인기는 자연스럽게 작가에 대한 호기심을 촉발시켰고, 결국 노자영은 『사랑의 불꽃』의 단독 저자로 나서게 돼. 1920년대 초반에 '문학'과 '연애' 아이콘으로 부상한 노자영의 다른 작품들도 아주 큰 인기를 끌었지. 조선 일보에 실린 칼럼을 보면 심지어 이런 일도 있었대. 글쓴이가 경부선에서 수학여행을 가는 여학생들을 보게 되었는데 백여명이나 되는 학생들이 일제히 꺼내든 책이 모두 노자영의 작품이었다는 거야.

　그러나 불같은 인기와 함께, 노자영은 표절 논란과 대중의 인기만을 좇는다는 당대 문단의 비난 등에 휩쓸리게 되었어. 노자영의 인기는 점점 사그라들기 시작했지. 1925년 무렵부터 그가 펴낸 책은 판매가 줄어들기 시작했고, 오래잖아 병에 걸리고 말았지. 결국 1940년, 잡지 편집자로 일하던 노자영은 맡고 있던 잡지의 폐간으로 일자리도 잃고 얼마 되지 않아 갑작스레 앓아 누워 병명조차 제대로 진단받지 못한 채 세상을 떠나게 되었어.

　불꽃처럼 잠깐 타올랐던 노자영의 『사랑의 불꽃』은 현재를 사는 우리에게 어떠한 의미가 될 수 있을까? 그의 짧았던 인생이 결코 헛되지 않았음을 그가 그리도 사랑했던 문학 작품으로 증명해 보이는 건 어떨까. 당신이 사랑한 『젊은 베르테르의 슬픔』처럼 우리도 노자영의 『사랑의 불꽃』을 사랑하고 있다고!

"사랑은 인생의 꽃이외다. 그리고 인생의 '오아시스'외다. 누가 사랑을 저주하고 뉘가 사랑을 싫다 할리가 있겠습니까? 만약 사랑을 모르고, 사랑을 등진 사람이 있다 하면 그 사람처럼 불쌍한 사람은, 세상에 다시 없을 것이외다."

비록 노자영과 그의 『사랑의 불꽃』은 현재 우리에게 잊혀졌지만, 그의 서간집을 통해 알 수 있는 '사랑'의 가치는 지금도 중요하다고 생각해. 편지를 통해 주고 받았던 사랑은 이제 새로운 매개체를 타고 전해지고 있지만 사랑이라는 인생의 꽃은 시대가 지나도 여전히 변하지 않는 가치를 지니고 있다고 생각하지 않니? 누군가는 '사랑'과 '연애'보다 더 중요한 게 있다고 할지도 모르지만, 우리는 언젠가 한 번쯤 사랑이라는 오아시스를 찾게 될 테니까.

사랑을 담은 편지는 나의 마음을 나의 언어로 고뇌하며 채워나가는 시간이 필요하고 상대에게 전달하는 데도 긴 시간이 필요하지. 그러나 사람들은 그 시간을 싫어하지 않아. 오히려 애타는 기다림까지도 큰 매력이 되지. 그게 우리가 아주 오래전부터 지금까지 편지를 쓰는 이유이지 않을까 싶어.

나는 『사랑의 불꽃』의 편지 네 편을 뽑아서 소개하려고 해. 그런데 조금 특이하게 소개해보려고. 오늘날 우리의 언어와 방식으로 이야기해보면 어떨까 싶어서 말야. 그래서 편지와 함께 다양한 미디어들을 통해 보여주려고 해. 더 자세히 이야기하면 재미없으니까 여기까지만 이야기할게. 백 년의 시간을 뛰어넘은 2022년에서, 내가 널 위해 적은 새로운 『사랑의 불꽃』을 즐겨주었으면 좋겠다.

부디 너에게도 우리의 사랑이 전해지기를!

2022년 05월 06일,
호수가 보이는 학교에서.

「일화에게」

[댓글부탁해] 혹시 짝남에게 편지로 고백해본 사람? 제발 들어와줘!

요즘 편지 쓰는 사람 있나…? 내가 진짜 좋아하는 애가 있는데 고등학생 때부터 계속 편지 썼었거든. 편지는 문자나 톡보다는 훨씬 진심을 담아 쓸 수 있잖아. 그래서 이번에 고백도 편지로 해보려고 하는데…어떨 것 같아?

근데 나 어쩌다 보니 15장 썼거든. 좀 오바인가? 누가 보면 15장은 집착이라고 할지도 모르겠는데… 나 애 진짜 오래 좋아했단 말야. 그럼 당연히 할 얘기 많은 거 아니야?! 심지어 졸업하고선 거의 만나지도 못했어. 오랫동안 만나기 힘든 상황이었기도 하고. 그래서 하고 싶은 말 다 쓰다 보니 길어진 거야!

제발 조언 좀 해줘!

[댓글부탁해] 혹시 짝남에게 편지로 고백해본 사람? 제발 들어와줘!(추가글)

 아니 분명히 만나기 힘든 상황이라고까지 말했는데 반응 무슨일이야… 너네도 내 사정 들으면 편지로 15장 쓰고 싶어질걸?

 얘랑 처음 만난건 3년전. 고등학교 2학년 여름방학 때인데 내가 좀 많이 시골에서 살았거든? 근데 우리 동네가 정말 경치좋고 살기 좋은 곳이라서 은근히 타지 사람들 많이 이사오는 편이야. 뭐 아무리 그래도 보통 나이 좀 있는 부부나 귀농하러 오지 내 또래가 오진 않는단 말야? 좀 신기하잖아 그래서 구경갔지.

 일단 첫인상은 애가 되게 허여멀건해. 딱 봐도 도시에서 살다 온 것 같은 병약한 도련님st. 그래서 별 관심 없었어. 내 이상형은 약간 적당히 근육 붙은 남자? 전우치에서 강동원 말고 마스터에서 강동원 같은? 여튼 여리여리한 스타일은 내가 지켜줘야 될 것같아서 별로였단 말야. 이때까지만 해도 나를 지켜줄 수 있는 그런 남자가 좋다고 생각했지. 앞으로 어떻게 될 지도 모르고.

 어느 날 밤에 산책을 나갔는데 논밭 정자에서 걔를 만난거야. 그 정자가 작년 태풍에 지붕이 날라가서 누워서 별보기가 정말 좋거든? 지붕 없으니까 아무도 안 와서 별 보고 싶을 때나 바람 쐬고 싶을 때 나 혼자만 쓰는 장소였는데 걔가 있어서 좀 킹받았어. 근데 간만에 밤하늘이 맑아서 별이 잘 보이기도 하고 새로 온 애가 궁금하기도 해서 강 옆에 가서 냅다 누웠어. 애가 깜짝 놀라더라. 그래서 인사했지. 나 파워e라! 생긴 것만 보고 꽤나 낯 가릴 줄 알았는데 걔도 반가워하면서 말 걸더라? 그렇게 얼떨결에 통성명도 하고 대화도 하게 됐는데 들어보니까 나랑 나이가 동갑이래. 근데 건강이 안 좋아서 서울에서 요양차 시골에 내려왔다고 하더라고. 진짜 무슨 도련님 아니야? 생긴 그대로구나 싶었어 그땐. 암튼 그날은 별 얘기 안 하고 헤어졌어.

첫 만남 이후로 딱히 다시 마주치는 일은 없었어. 그러다가 개학하고 학교에서 다시 만나게 된 거야. 우리 반으로 배정됐더라고. 근데 진짜 운명처럼 선생님이 내 옆자리에 앉히더라?! 무슨 웹소설 클리셰도 아니고 되게 신기했어.

암튼 같은 반인데 옆자리다보니까 자연스럽게 이것저것 같이하게 됐는데 지금까지도 제일 기억나는 건 당번 같이한거. 나 그때 진짜 힘들어 죽는 줄 알았거든. 쓰레기를 들고 계단을 내려가는데 아래가 잘 안 보이니까 계단 한 칸이 더 있는 줄 알고 그만 발을 헛디뎠어. 근데 걔가 날 잡아주려고 하다가 같이 엎어져버린거야. 거기에다 쓰레기까지 우수수 쏟아져서 총체적 난국이었지. 진짜 한 10초? 멍하게 있다가 딱 눈 마주치니까 둘 다 웃음이 빵 터졌어. 만난 이후로 걔가 그렇게 크게 웃는 모습은 처음 봤는데 그게 참 좋더라. 그때부터 걔가 좀 신경 쓰인 것 같아. 또 그렇게 웃는 모습이 보고 싶기도 했고…

나는 그 당시에 천체 관측 동아리에 들어가 있었는데, 그 애도 같은 동아리에 들어왔어. 걔도 별 보는 걸 좋아한다고 그러더라. 걔랑 좀 더 오래 만날 수도 있고 가뜩이나 망해가는 동아리도 살릴 수 있어서 일석이조라고 생각했지. 동아리에서도 대환영이었어. 진짜 망할뻔한 동아리 살려서 그런지 동아리 부장이 평소에 안 하던 짓을 다 하더라. 신났나봐. 동아리 살아남은 김에 어디 놀러 가자고 하더라고. 뭐 놀러 가봤자 뒷산이나 근처 계곡일텐데도 그때는 다들 신이 났었지.

각자 준비물 분담해서 계곡으로 놀러갔어. 걔는 따라오기는 했는데 물에 들어갈 생각이 없는지 혼자 긴팔 긴바지 다 챙겨입고 그냥 돗자리에 앉아 있었어. 그래도 우리가 계곡에서 물싸움하는 모습 구경하면서 웃고 있더라고. 날씨가 진짜 좋았는데 그 아래서 웃고 있으니까 진짜 멍하니 바라만 보게 되더라 진짜 그 아이 주변만 반짝반짝 빛나는 것 같은 느낌? 난 걔 웃는 모습만 보면 뇌가 정지하는 것 같고, 심장도 아프고 주변에 동아리 애들 다 있는데 세상에 걔랑 나만 남은 것 같았어. 지금 생각하면 이때부터 왕사랑했던거지 걔. 지금이야 이렇게 말할 수 있지만 그땐 내 마음을 부정했던 것 같아 더 이상 부정할 수 없을 정도가 됐던 건 더 나중이었어. 아무튼 그랬는데, 동아리 애들이 그냥 다 망쳤어. 애들이 걔를 물에 던져서 걔가 진짜 심하게 아팠거든 그 뒤로 일주일 동안 학교 못 나온 걸로 말 다 했지 뭐.

여튼 짝꿍이니까 내가 안내장 받아다주고, 노트 필기한 것도 전해주다보니 자연스럽게 그 애 집에 자주 들락날락 거리게 됐어. 끙끙 앓는거 보니까 좀 많이 속상하더라. 자세하게 어디가 아픈지 모르니까 그냥 달달한거 사들고 맨날 갔었어. 동네 매점에는 어르신들 취향인 간식만 가득해서 근처 시내 편의점까지 가서 사왔다니까.

걔는 일주일이 지나서야 헬쓱해진 상태로 다시 학교에 왔어. 그런데 오자마자 별 말도 없이 종이봉투를 냅다 내미는거야 뭔가 하고 봤는데 애가 나 주려고 달달구리랑 편지를 담아서 가져온거야! 아니 요즘 세상에 이런걸로 편지 쓰는 사람이 어딨냐고! 내가 달달한 거 줬다고 비슷하게 사온 것도 귀여운데 편지까지 꾹꾹 눌러썼을 생각하니까, 너무 소중하게 느껴지는 거야 원래 편지 받는거에 별 생각 없었는데 너무 감동이었어.

하루는 그 애 어머님도 고맙다고 저녁식사에 날 초대해서 집에 놀러가게 됐는데, 걔가 천체망원경을 보여준다고 날 작은 뒷마당으로 데리고 가는 거야. 마당에 별에서 온 그대 도민준이 쓸 법한 커다란 망원경이 놓여있더라고. 어렸을 때 커다란 수술을 하나 받아야했는데, 부모님께서 수술을 잘 받고나면 망원경을 사준다고 약속하셨다는 거야. 그게 이 망원경이래. 그애가 그러더라. 별을 보고 있으면 현실의 힘든 일과 문제들이 별거 아닌 것처럼 느껴진다고. 별 보는 걸 좋아한다길래 나처럼 동아리에 들어가는 정도일 거라 생각했는데 그 애한테는 그게 아니었나봐. 얼마나 힘들었을지 내가 감히 가늠할 순 없지만, 그 시간을 버티게 해준 망원경으로 별을 보니까 기분이 이상하더라. 매일 보던 하늘이고 별인데 말야.

둘이서 머리를 맞대고 별을 보고 있는데 렌즈에 이상한 불빛이 비치는 거야. 처음엔 무슨 별이 이렇게 밝은가 했는데 눈을 떼고 보니 반딧불이 인거야! 우리집이 진짜 시골이라 반딧불이가 자주 보여. 반딧불이는 공해가 없는 곳에 산다잖아? 그애는 반딧불이를 처음 본다면서 신기해했어. 그래서 내가 펄쩍펄쩍 뛰어다니면서 반딧불을 잡아다 줬지. 내가 걜 위해서 뭔들 못하겠니. 그애가 반딧불이를 손에 쥐고서 웃는데 그냥 사소한 순간들이 많이 스쳐지나가더라. 처음 정자에서 만났던 그때부터 계곡에서 환히 웃던 모습까지. 우리 동네에서 반딧불이는 진짜 흔한 거였는데... 그애의 손에서는 왜 그렇게 특별해 보였는지 모르겠다. 이런 표현 오글거릴지 몰라도 그애는 마치 별을 손에 쥔 것처럼 기뻐했어.

그리고 그렇게 한참 걔를 보고 있다가 문득 내가 애를 많이 좋아하고 있구나를 깨달았어. 밤하늘에 별을 따서 준다는 말이 그렇게 오글거릴 수 없었는데 그애를 위해서라면 진짜 별도 손에 쥐어줄 수 있겠구나하는 생각이 들었어.

아무튼 그 이후론 그냥 내가 계속 걔 따라다녔어. 수도권은 어떤지 모르겠지만 우리 학교는 창체 시간에 그냥 근처 논밭가서 일도 돕고 그런단 말야. 가을엔 밭일 도우러 다같이 가곤 했는데, 걔 주변에 별로 뽑을 잡초 없는데도 괜히 그 애 근처에서 얼쩡거리고. 그와중에 걔는 나한테 잡초 아닌 거 뽑아놓고 뿌듯한 듯이 보여주는데 그것마저도 너무 웃기고 귀엽더라 (물론 밭 주인 할머니는 뒷목 잡았지만...)

겨울엔 거의 연례행사였던 눈싸움도 걔 감기걸릴까봐 포기하고 같이 눈 오리나 만들고. 그때 우리가 만든 눈오리 부대 선생님들이 사진 찍어가고 그랬어.

걔가 아픈 다음에 나한테 편지줬다고 했었잖아. 나도 편지 써주고 싶었는데 워낙 익숙하지 않다보니 잘 안 써지더라고. 그래서 그냥 수업시간에 쪽지로 답장 써서 줬었는데 걔가 하나하나 다 답장해주는거야. 난 당연히 수업에 집중도 못하고 답장 쓰느라 정신이 없었지.

그냥 이게 일상이었어. 내 일상 속에 개는 빠지면 안되는 사람이었고. 항상 시간이 참 느리게 흐른다고 생각했는데 이렇게 지내다보니 벌써 일년이 훌쩍 지나가 버린 거 있지.

졸업하는 것도 아니고 그냥 학년이 달라지는건데 같은 반이 안될 수도 있다는 게 너무 싫더라. 시골 학교라 한 학년에 반이 세 개뿐이어서 같은 반에 배정될 확률이 높은데도 그냥 떨어질 가능성이 조금이라도 있다는거 자체가 싫었어. 선생님한테 뇌물이라도 드릴까 생각했는데 그건 진짜 미친 인간이잖아 그래서 그냥 열심히 빌기만 했어. 제발 같은 반 되게 해달라고. 근데 이랬는데도 진짜 안될 수도 있는거잖아. 그래서 개가 좋아할만한 걸 해주기로 했어. 그게 편지였고. 그동안 고마웠고, 같은 반 안되더라도 친하게 지내자… 내가 진짜 하고 싶은 말은 이게 아닌데 막상 쓰려니까 이런 말밖에 생각이 안 나는 거야. 근데 아무리 짜내도 이게 내 최선이었어. 고백을 할 수는 없잖아? 결국 종업식 때 개한테 주고 나서 밤에 이불 백만 번 찼는데 개는 그 하찮은 편지에도 답장을 해주더라. 예상대로 그 애는 엄청 좋아했고. 그걸 보니까 욕심이 났어. 이불을 너무 많이 차서 빵꾸가 나더라도 편지를 써줘야겠다는 결심을 하게 됐지.

아무튼 그렇게 빌었는데도 우린 결국 다른 반이 됐어. 그래도 이게 우리가 편지를 더 자주, 오랫동안 주고받게 된 계기가 됐으니 수확이 없진 않네. 같은 동네에서 얼굴 보고 사는데 웬 편지냐 할 수 있겠지만, 작은 아씨들 보면 로리하고 마치 가족들이 코앞에 살면서도 편지함 설치하잖아? 뭐 그런거라고 생각해. 내가 편지를 그 애 사물함에 넣어두면, 며칠 뒤 내 사물함으로 답신이 오는 방식으로 우리는 서로에게 편지를 썼어.

확통 시간에 졸다가 선생님께 혼난 일이나 재밌게 읽은 책에 대한 감상을 나누기도 했고, 가끔은 졸업하고 뭘 해야 할지, 혼자 해결할 수 없는 일들에 대한 고민을 털어놓기도 했어. 그렇게 편지를 주고받으면서 바쁜 3학년 시절을 보내고 있었지.

그러다 작은 사건이 하나 터졌어. 늘 그랬듯이 수업 시간에 몰래 걔 편지에 답장 쓰고 있었는데, 그걸 그만 선생님한테 들켜버린거야. 그것도 하필이면 제일 깐깐하고 정 없는 선생님한테. 그냥 경고만 주면 됐지 그 선생님은 내가 쓰고 있던 편지를 펼쳐서 반 애들이 모두 듣도록 큰 소리로 읽었어. 이거 완전 인권 유린 아니야? 그때만 생각하면 아직도 화가 나. 물론 내용은 별거 없었지만 선생님은 남자애랑 이런 거 주고 받으며 시시덕거릴 시간에 공부나 더 열심히 하라고 면박을 주셨어. 이 사건 이후로 반 애들이 얼마나 나를 놀렸는지.

결국 십 대의 마지막 일년도 마침표를 찍었어. 그리고 우리는 영원히 이

마을에 머물러 있을 수는 없게 됐지. 나는 원하던 대학에 붙어 서울로 떠나야했고 당연히 그 애도 함께 서울에 갈거라고 생각했어. 그런데 졸업식 날 그 애가 말하더라. 일본으로 유학간다고. 그곳에서 공부하면서 치료도 받을 수 있다고 하더라고. 공부에 별 흥미도 없던 내가 그 아이와 함께 서울로 가야겠다는 생각만으로 고3을 버텼는데, 걔 없이는 꿈에 그리던 서울도 의미가 없잖아. 그래서 미련이 많이 남더라. 함께 별을 보고 편지를 나누었던 추억들을 모두 두고 떠나야 한다니. 이제 이렇게 매일 얼굴 볼 수도 없다니. 그래도 그게 끝이라고는 생각 안했어. 멀리 떨어져있어도 지금까지처럼 계속 편지하면 되니까. 난 그 애를 위해서면 뭐든 하기로 했으니까 그 애가 돌아올 때까지 기다릴 자신도 있었어. 이 이야기로부터 3년이 지난 지금도 마찬가지이고.

근데 얼마 전부터 편지가 안 와. 그동안 무슨 일이 있어도 나한테 편지 했었단 말이야. 편지 못할 땐 늘 연락해줬었는데 연락도 없고. 그래서 조급해졌어. 이대로 끊겨버리면 내 기다림도 의미가 없잖아. 그래서 용기를 내서 정말 하고 싶었던 이야기를 편지에 써보기로 했어. 나도 처음엔 15장이나 쓰게 될 줄 몰랐어. 그걸 가늠할 정신도 없었고. 그냥 쓰다보니까… 그렇게 된 거야. 이렇게 많은 추억들에 대한 내 마음을 전부 편지에 쓰면 길어지는게 당연한 거 아니겠어? 난 내가 사랑했던 모든 순간을 담고 싶었던 거야. 이 편지에 그 애를 향한 내 마음이 하나도 빼놓지 않고 전부 전달되길 바라.

그러니까 15장 정도면 그렇게 많은 것도 아니지? 나 이제 진짜 부치러 갈거야. 한없이 다정한 그 애라면 이 편지를 읽고 꼭 답장을 해줄거라 믿어.

이렇게 보니까 15장도 별로 안 두껍네 그치? 나 이제 진짜 간다. 긴 글 읽어준 사람들, 무지하게 길었는데도 다 읽어줘서 진짜 고마워 그럼 빠이!

아, 이 편지에 그 애를 향한 내 마음이 하나도 빼놓지 않고 전부 전달되길 바라.
 그러니까 15장 정도면 그렇게 많은 것도 아니지? 나 이제 진짜 부치러 갈거야. 한없이 다정한 그 애라면 이 편지를 읽고 꼭 답장을 해줄거라 믿어.
 나 이제 진짜 간다. 긴 글 읽어준 사람들, 무지하게 길었는데도 다 읽어줘서 진짜 고마워 그럼 빠이!

최신순   추천순   예비베플 0   찬반대글 0   사진댓글 0   작성자 찾기 ▾

일화야?
아무리 생각해도 이 이야기가 너와 나의 이야기인 것 같아서 댓글 달아. 내 생각이 맞았으면 좋겠다.
일화야. 오늘 아침에도 의사가 다녀갔는데...

답글 5개 ▾

                                                     등록

↳ 입담
 뭐야..? 진짜 본인 맞아?

↳ 주작노
 ㅇㅈ 반응들이 괜찮은지 오랜만에...

↳ 도레미
 이거 소설 아님?

↳ 여
 주작 ㄴㄴ

↳ 저피사의
 일 본인?

진설야
일화에게

now

일화야, 네 이야기, 네 마음 처음부터 끝까지 다 이해했어. 너의
그 진심이 담긴 문장들에 나도 많이 울었어. 내가 이런 마음을
받을 자격이 있는 사람일까? 일화 너의 이야기가 오랫동안
아프고 외로웠던 나를 구해줄 구원자의 이야기처럼 들렸어. 그…

보낸 이: 진설야 sn0wc0veredfields@gmail.com
받는 이: 유일화 on1yf10wer@gmail.com

 일화야, 네 이야기, 네 마음 처음부터 끝까지 다 이해했어. 너의 그 진심
이 담긴 문장들에 나도 많이 울었어. 내가 이런 마음을 받을 자격이 있는
사람일까? 일화 너의 이야기가 오랫동안 아프고 외로웠던 나를 구해줄 구
원자의 이야기처럼 들렸어. 그렇지만 일화야. 미안해. 나는 너를 사랑하고
또 너를 위해서라면 죽음조차 감수할 수 있지만, 너의 고백을 받아들일 수
가 없어. 널 사랑하지 않아서가 아니야. 너의 마음을 받을 여유가 없어서
그래. 난 약하고, 내 몸 하나 제대로 지키지 못하는 사람이니까. 너도 알고
있을 거라 생각해. 내가 너를 보호해줄 수 없는 사람이라는걸. 늘 나를 챙
기고 걱정하는 건 너였잖아. 나는 존재하는 것조차 버거워 일화야. 너에게
이런 말을 전하는 날 이해해주길 간절히 바라.

 일화야. 기억해? 내가 재작년에 만났던 그 사람 말이야. 난 그때 이후로
사람들이 하는 말들을 못 믿겠어. 그 사람이 내게 남겨놓은 상처 때문에 다
시는 사랑을 할 수가 없을 것 같아. 나에게 벌어지는 모든 일은 왜 온통 함
정 같을까? 내가 가는 길은 왜 전부 미로처럼 어지러운 걸까?

 일화야, 용서해줘. 너무 길게 얘기하진 않을게. 그치만 조금만 더 이야기
를 전하고 싶어. 내가 생각하는 연애와 네가 마음속에 그리고 있는 건 생김
새가 달라. 네 사랑은 좀 더 맑고 빛나는 사랑이잖아. 반딧불처럼. 하지만
나에겐 의심만이 가득해. 온통 흐릿하다는 말이야. 마음이 늘 원하는 곳으
로 가는 건 아니잖아. 언제든 변할 수 있는 거고. 이렇게 연애에 대한 불신
으로 가득 차버린 내가, 너와 다시 영원을 바랄 수 있을까? 내게 영원을 굳
게 맹세했던 그 사람도 해질 때 구름처럼 희미해지다 영영 사라져버렸는데.

 일화야, 이 고통을 겪으며 나는 값진 분별력을 얻었어. 어떤 별보다도 빛
나는 인생을 살아갈 너를 감히 상처입히고 싶지는 않아. 이 편지를 보내서
일화 너에게 원망을 받을지라도, 나는 충동적인 감정에 사로잡혀 똑같은 실
수를 반복하지 않을 거야. 나는 죽을 때까지 누구와도 영영 사랑을 하지 않

을 거야. 너는 언제까지든 나를 사랑하겠다고 했었지, 사랑하는 장미를 얻기 위해선 가시가 가득한 산을 헤쳐나가는 것도 전혀 두렵지 않다고 했잖아. 이런 때 묻지 않은 수정 같은 마음을 지니는 것은 너의 자유이고, 동시에 너에게는 당연한 일이라고 생각해. 그렇지만 부족한, 아니 생명이 없는 내게는 그러한 자유가 없어. 이게 사실이야.

일화야. 이 편지로 내 결심이 분명히 전해졌을 거라고 믿어. 이제 우리가 예전 같지 못할 거라는 생각에 끝없이 아래로 떨어져 내리는 기분이야. 내 앞에 보이는 건 온통 회색 하늘뿐이고. 난 더이상 별을 보지 못하게 될 것 같아. 몸이 피곤해져서 이만 줄일게. 마지막으로, 일화야 너는 아프지마. 내가 더이상 널 보지 못해도, 넌 오래 빛나줘야 해.

내내 건강하길 빌며.

비 내리고 바람 부는 8월 29일 밤

히라츠카 해안

병원에서

캐릭터 분석

· 일화

: ENFJ (정의로운 사회운동가)
: #대범함 #칭찬봇 #감수성
: 안 좋아하는 사람한텐 생각보다 차가운 편.
: 왼쪽 콧구멍 옆에 작고 옅은 매력점이 하나 있다.
: 초등학생 때 옆자리 남자애를 때려서 울린 적이 있다.
: 눈싸움을 너무 좋아해서 겨울만 되면 집에 들어오지를 않는다. (같이 눈
싸움할 친구를 모으기 위해 눈덩이에 돌을 넣어서 던져 도발한다.)
: 달달구리를 너무 좋아해서 치과에 자주 다닌다. (마을에는 치과가 없어서
가까운 도시로 가야 하기 때문에 조금 귀찮지만 군것질을 끊을 수는 없음)

일화의 플레이리스트를 훔쳐보자!

일화

편집

⤬ 셔플재생   ▶ 전체재생

✓ 전체선택   8곡 · 30분

사랑할거야
예빛

교토
위수 (WISUE)

Distant Universe
Oska

한 페이지가 될 수 있게
DAY6 (데이식스)

왜? 날
백예린 (Yerin Baek)

Don't feel sad
Whiteusedsocks

얼음요새
디어클라우드

추억은 한 편의 산문집 되어
신지훈

· **설야**

MBTI
: ISTJ (청렴결백한 논리주의자)

나를 나타내는 해시태그
: #안정적 #책임감 #현실주의

TMI
: 좋아하는 것들 한정으로 수집벽이 있다(아주 어릴 때부터 읽던 <과학잡지
_천체편>, 접착력이 전부 없어진 야광별처럼 손때 묻은 물건들)
: 보물 1호인 천제 망원경의 제품명은 '가대 LX80'이다. 놀랍게도 별그대
도민준이 사용하는 기종과 같다.
: 시골로 이사 온 둘째 날 전기 파리채와 벌레 쫓는 향초를 구입했다.
: 첫 연애 때 만났던 사람은 손편지를 써주면 메세지로 답하는 타입이었다.
: 최애 필기구는 스테들러 샤프심 0.7이다.

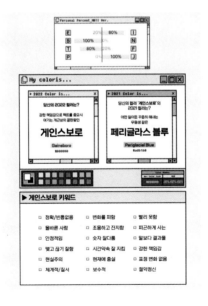

설야의 플레이리스트를 훔쳐보자!

「일화에게」 원문

일화씨에게.

일화 씨?
저는 오늘 아침도 의사의 진찰을 받은 그대로. 언제든지 슬픈 그 맘으로 다시
침대 위에 누웠었습니다.
그때에 일화씨의 편지가 왔습니다. 마치 그믐밤에 청다운 등불을 발견한 듯이
저는 신음 가운데서도 15매나 되는 그 긴 글을 한숨에 끝까지 다 — 보았습니다.
일화 씨! 감사합니다. 일화 씨의 말씀은 다 — 분명히 알았습니다. 저는 일화씨의
편지를 읽을 때에 곧 지금으로부터 3년 전이었던 여름밤 일이 연상되었습니다.
은빛 같은 월광은 저의 집 방 안에까지 찰찰 흐르고 뜰에는 백양수의 푸른 잎새가
그림자를 뒷마루에 고요히 던지고 있는데, 일화씨는 앞 담을 향하여 마루 끝 한 철반에
저를 동으로 비껴 앉으시고. 저는 뒷마루가 기둥을 등지고 역시 앞을 향하여 앉았었지요!
그때. 일화씨는 한 마리 날아오는 반디벌레를 보시고 뜰 아래로 뛰어내려서
손으로 그를 잡아다가 아무 말씀 없이 저를 주시지 아니하였습니까?

일화 씨!
저는 지금 일화 씨의 뜻을 처음부터 끝까지 모두 분명히 알았습니다. 저는 과연
저의 정도에 넘치는 일화 씨의 감격한 말씀에 스스로 눈물을 짓습니다. 그리고
일화씨의 그 말씀이 오래 방황한 세상에서 거칠은 생활을 짓던 애처로운 저를 구하러
온 하늘 사자의 해맑은 노랫소리 같이 들립니다. 마는 일화 씨! 저는 이 자리에서
일화 씨에게 용서를 빌게 되었습니다. 물론 저는 일화 씨를 사랑합니다. 어떤 의미로는
일화 씨를 위하여는 생명도 드립니다. 그러나 일화씨! 일화 씨의 그 말씀에는 복종치
못하겠습니다. 이 복종치 못하는 것이 저의 자신의 죄가 아닙니다. 풍진 세상에
너무나 몸이 시달리어 기진맥진 — 아직 잔명을 보존하기에 힘쓰고 있는 이 설야를
죽음이 가련히 생각하시와, 용서하여 주십시오. 이 용서를 비는 저는 지금 하늘을 우러러,
아픈 가슴을 두 손으로 두드립니다.

25

일화 씨!

청춘에 서리를 맞고 모든 것을 저주한 저는 이제 이 세상 누구의 말이든지 믿지 못하겠습니다. 또 소위 연애라는 그 자체를 믿지 못하겠습니다.

기후(아시는 바와 같이) 저는, 타고 남은 잿가루와 같은 상처받은 고혼(외로운 넋)을 가진 사람이 되게 되었습니다. 동시에 이 세상의 모든 일은 악마의 함정같이 어지러운 일뿐이라고 생각하였습니다.

일화 씨! 용서하여 주십시오. 다시 더 길게 말씀드리고자 아니합니다. 그러나 지금 이 자리에 용서를 비는 저는 최후로 일화 씨에게 한마디 더 쓰고자 합니다. 소위 '연애'라는 것은, 지금에 일화 씨가 그 심중에 그려놓음과 같은 그 같은 청청 미련한 것이 아니라 함이외다. 또 그리고 일화 씨의 마음을, 일화 씨 자신으로도 임의로 하지 못한다 함이외다. 좇아서 일화 씨라는 여자인, 그 일화 씨도 신용하지 못하겠습니다. 열정이 백도에 달하였던 나의 애인인 그이도(지금 말씀드릴 일화 씨가 아시는) 그 당시에 저에게 대하여 하루에도 몇 번씩이나 하늘을 가리키고 땅을 가리키며, 맹서를 굳게 하였지요! 그러나 그같이 굳던 맹서가 드디어 석양놀에 비친 붉은 구름떼 같이 그만 스러지고 말더이다.

일화 씨!

이런 슬픈 경험에 귀여운 분별력을 얻은 이 섵야는 다시 옥 같은 아름다운 운명을 가지신 일화 씨를 감히 상처 입히고자 아니합니다. 지금 이 자리에 일화 씨의 일대 원인(원망하는 사람) 아니 일대 죄인이 되는 저는, 오직 청욕에서 뛰어서 이성의 쇠를 굳게 잡고자 합니다. 나의 내체가 홍로에 녹아지지 아니하기까지, 누구에게든지 이를 허치 않고자 합니다. 일화 씨는 어디까지든지 저를 '사랑'하시겠다고 하셨지요. 그리고 또 그 소위 장미촌을 위하여는, 가시산을 넘기에도 겁내지 않으신다고 하셨지요. 이같이 생각하시는 것은 과연 마음이 순결한, 겸손한, 아직 그 무엇에 물들지 않은 수정같은 어린 일화 씨에게 이르러는, 절대의 자유라 합니다. 또한 당연한 일이려고도 생각합니다. 그러나 오직 자덕이 부족한, 아니 박명한 저에게 이르러는, 감히 궁청치 못할 큰 사실입니다.

일화 씨! 저는 지금 분명히 일화 씨의 말씀에 거역하였습니다. 이제 두 사람 사이에는 무변제(끝없이 넓음)의, 천공으로부터 떨어지는 암담한 회색 장막이 드리움을 감각합니다. 펜을 더 두르지 못하고 여기에 놓습니다.
마지막으로, 일화 씨의, 내내 건강하시기만 빌면서.

비 내리고 바람부는 8월 2P일 밤.
평중 해안
어떤 병원에서.

「솔직히 말해서」

내일 청혼하려했는데, 여친이 헤어지자 합니다.

 제목 그대로입니다... 사실 아직도 믿기지 않아요. 2일 뒤면 헤어진 지 일 주일째 됩니다. 그런데 정말 이해가 안되는 부분이 한두 개가 아니라 심란 해서 5일째 밥도 제대로 못 먹고, 혹시 연락이라도 올까 기다리고만 있습니 다. 제가 이해가 안 되는 부분은 저희 둘은 자주 '결혼하면~'하며 미래를 상상하며 결혼을 전제로 만나던 사이기도 하고, 연애한 지 1년이 넘도록 단 한 번도 싸운 적이 없을 정도로 좋은 사이였습니다. 그래서 지금 뭐가 어디 서부터 잘못된 건지 미칠 지경이에요. 그래서 계속 마지막으로 나눈 카톡을 읽어보니, 이 이상한 기분이 뭔지 조금 알 것 같기도 하더라고요.

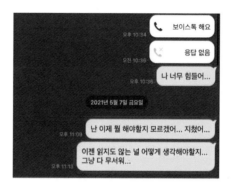

보이죠. 헤어지자는 사람의 평범한 말투도 아니고, 계속 뭔가 숨기는 거 같고, 게다가 더 이상 톡을 읽지도 않는 게 너무 이상해요. 하... 이걸 쓰면서도 마음이 너무 이상해서 토할 거 같고 그냥 몸이 녹아내리는 듯하네요... 조금 감정적으로 글 쓰는 점 죄송합니다...

아 맞다... 저희 둘은 커플앱도 했어요... 그런데 이상한 게 5일이 지나도 애인의 위치가 집이라고만 뜨는 거예요... 밖에 나가는 걸 좋아하는 성격이라 2일만 집에 있어도 힘들다고 했었는데 5일이나 집 밖으로 나가지 않는 건 도저히 이해할 수 없는 상황입니다. 집에 있을 수밖에 없는 사정이 있는 것인지. 아니면 혹시 어플을 삭제해서 그럴 수도 있는 걸까요? 이 점에 아시는 분 있다면 댓글 꼭 부탁드립니다. 아무튼 이해가 안되는 부분이 한 두 가지가 아니라서 혼자 고민하다가 이렇게 글을 쓰는 겁니다.

혹시 여자친구가 납치를 당한 건 아닐까요...? 이렇게까지 연락이 안 된 적이 없거든요... 게다가 저를 차단할 거 같지도 않아요... 나쁜 이유로 헤어진 거도 아닌데 굳이 차단할만한 이유도 없고요. 이제 여자친구라고 불러도 될지도 모르겠네요. 이별했으니까 전 여자친구라고 해야할까요. 그치만 전 아직도 제 여자친구 같은 기분이예요... 이 글 쓰면서 저희 둘이 같이 쓰던 인스타그램을 보는데, 왜 저는 여전히 함께 하는 거 같은 기분일까요? 저희는 정말 잘 맞았고, 서로의 부족한 부분을 잘 챙겨주며 행복했습니다.

이렇게 행복했는데... 제가 어떻게 여친을 잊을 수가 있나요... 그리고 헤어지자고 차단까지 한 사람이 저희 둘의 추억이 담긴 인스타그램은 그대로 두는게 이상하지 않나요? 이 계정은 여친이 만든 거라 탈퇴를 하더라도 제가 할 수는 없거든요. 근데 헤어진 지 5일 째가 되도록 이 계정은 저희가 행복했던 그 시간 속에서 멈춰있듯이 변함없습니다. 저도 제가 바보 같은 거 알아요. 이 글을 읽고 계시는 여러분들은 제가 이별을 인정하지 못하고 혼자서 집착하는 사람처럼 보이겠죠? 하지만 저는 그저 너무 힘들어서 이러는 겁니다...

저와 제 여친은 1년 전 독서 모임에서 만났어요. 저는 중고등학생들이 다니는 내신 학원의 국어 강사입니다. 그렇기에 책에 대해서 남들보다는 좀 잘 아는 편이에요. 그냥저냥 살아가는 평범하고 고지식한 사람이었죠. 그런데 어느날 그 모임에 평범한 저랑은 다르게 빛나는 여성분이 참석했습니다. 전문도는 다소 떨어졌지만 책에 대한 자신의 의견을 당당하게 말하면서 기죽지 않는 모습이 멋졌습니다. 그렇기에 저는 제가 아는 책에 관한 생각을 전달해주면서 꽤 가까워졌죠. 그때까지는 그저 호감이었어요. 그러다가 만나는 횟수가 점차 많아졌죠. 그녀 역시도 저에게 호감이 있다는 걸 알아차리기까진 오랜 시간이 걸리지 않았습니다. 제 여자친구는 저와는 다르게 항상 행동력있고, 당당하거든요. 그리고 여자친구는 활동적인 편이라 함께 이곳 저곳 구경하는 것을 좋아했어요. 저희는 사귀는 1년 동안 일주일에 최소 4번 이상은 데이트를 할 정도로 자주 봤습니다.

그런데 이상하게 이별 한 달 전의 데이트 날 카톡으로 약속을 취소해야 할 것 같다고 말했습니다.

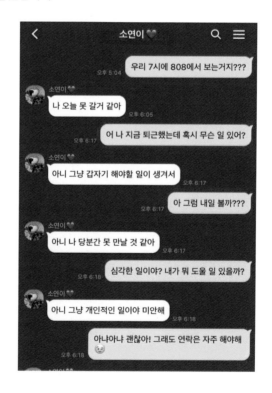

응 시간 날때마다 꼭 할게

사랑해   오후 6:19

나도 🐶🐶   오후 6:19

 갑자기 약속을 취소한 것도 이상한데 당분간 만나지 못한다는게 바로 받아들여지지는 않았어요. 저는 당분간이래서 한 일주일 정도? 못 보는 건지 알았는데 이러고서 한 달을 못보다가 갑자기 헤어지자고 한겁니다. 이때 제가 좀 더 무슨 일이냐고 물어봤어야 하는 걸까요...? 그치만 더 이상 물어볼 수가 없던 분위기였습니다. 몇 번 통화도 했었는데 목소리에 기운이 하나도 없고, 평소의 당돌한 성격은 어디갔는지 쥐 죽은 듯이 조용한 목소리로 말하는데 저도 같이 심란해지더군요. 그래서 아무말도 못한 거예요. 저는 그냥... 그녀가 힘든 일이 있다면 저와 함께 통화하는 순간만큼만 잊어버리도록 해주는 게 최선이라고 생각했어요. 그런데 이게 이렇게 되돌아올 거라고는 생각도 못했어요...

 제가 나쁜 사람인 것도 맞는 거 같고 이런 상황에서 여자친구를 원망하고 싶지는 않은데 자꾸만 원망하게 되네요. 못 만나는 이유도 숨기고, 헤어지는 이유도 숨기고, 생각해보니 지금까지 만나면서 자기에 대한 이야기도 숨기는 것이 많았어요. 저는 저희가 결혼을 생각하고 만나는 것이니 가족에 관한 이야기도 이것저것 나누고, 언제 같이 밥먹자고 얘기도 했었어요. 여자친구도 저희 가족 이야기를 듣는 걸 좋아하고, 가끔 같이 있을 때 전화가오면 제 손에 있던 전화기를 가져가서 먼저 어머님~ 하면서 살갑게 얘기하기도 하고요. 그런데 제가 여자친구의 가족에 대한 이야기를 물어보면 항상다른 이야기로 말을 돌리곤 했어요. 그리고 여자친구는 자신이 하는 일을그냥 집에서 하는 일이다 라며 어물쩍 넘기기도 했죠. 하... 지금 생각하니까 저 정말 멍청하네요. 말 안 해준다고 그냥 그대로 믿고... 그치만 그런건저한테 안 중요했어요. 그냥 눈 앞에있는 여자친구가 너무 좋아서 알려주고싶지 않다면 안들어도 된다고 생각했어요... 또 다시 심란해지네요...

아무튼 여러분이 봐도 제가 말한 이 모든 이야기들이 이상하지 않나요...? 저만 이상한 거라면 제가 미친 사람이 되는 것이겠지만 전 미친 사람이 되더라도 지금 이 상황을 해결하고 싶네요. 제발 댓글로 조언 부탁합니다. 여러분은 어떤 생각인지 알려주세요...

 167개의 댓글

○ ○   🔥 562   👎 0

대충보니까 쓴이만 진심이고 여자는 가볍게 만나려한거 같은데?

답글 6개 ▾ | 답글쓰기

○ ○   🔥 425   👎 2

백퍼 바람임 내가 저렇게 잠수이별, 환승이별 많이 당해봤는데 상황이 나랑 비슷한듯 ㅋㅋㅋ 걍 쓰레기 만났다 치고 쓴이 인생 살아라

답글 5개 ▾ | 답글쓰기

지난번에 글 올린 청혼하려다 차인 사람입니다.

  댓글 달아주신 것들 잘 봤습니다... 다들 여러 가지 얘기를 해주셨는데요... 애초에 여자는 가볍게 만나려 했던 것이 아니냐, 바람난 게 아니냐 이 댓글들이 가장 인기가 많았네요. 본론부터 얘기하자면, 여자친구한테 카톡이 왔습니다. 물론, 대화는 할 수 없었어요. 예약 카톡인지 뭔지 그걸로 보냈다고 하더라고요. 사실 저는 아직까지도 이 카톡이 조작된 거라고 믿고 있어요. 이건 말이 안되는 거잖아요...

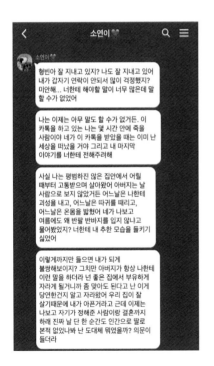

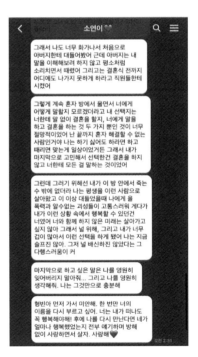

　함께 미래를 꿈꾸던 여자친구가 이렇게 갑작스럽게 죽었다는 것을 믿을 사람이 몇이나 될까요. 심지어 저를 너무 사랑해서 죽었다는 이 말이 맞는 걸까요. 이 카톡을 보자마자 제가 든 생각은 절 정말 사랑했다면 어떻게서든 저와 함께 아버지의 강압적인 결혼을 피해 도망을 가든 싸우든 노력을 했을 거라는 겁니다. 절 위해서면 절대 이런 선택은 하면은 안 되는 거잖아요... 어떻게든 살아서 저한테 얼굴을 보여주고, 목소리를 들려주고 하는 것이 제가 진짜 바라는 건데 왜 자기 혼자 절 위한 것이라면서 죽은 것인지 속상하고, 처음으로 여자친구한테 화가 나기도 합니다. 이건 저한테 화가 난거기도 한 거 같네요. 저는 여자친구가 그런 일을 겪으면서 살아가는지 전혀 알지 못했어요. 알려고 노력했으면 충분히 알 수도 있었을지 모르겠네요. 제가 너무 무력해서 여자친구가 죽을 수밖에 없었어요. 저는 저희가 행복하다고 생각하며 그 행복에만 빠져서 가장 소중한 사람을 잃었어요.

　사실 저는 처음 카톡을 받았을 때는 그냥 여자친구를 원망만 했어요. 남아서 이 카톡을 받고, 옆에 있을 수 없는 자신을 그리워하며 죽은 사람처럼 사는 저를 생각해주지 않았다고 느꼈거든요. 여자친구는 늘 그랬어요. 자신이 절 위한다고 생각한 일들은 모두 맞는 행동이라고. 저는 그런 여자친구의 노력이 귀여워서 크게 쓸모가 없어도 고맙다고 크게 리액션을 했어요. 여자친구는 저에게 자주 "나는 인간관계 어렵고 낯설고 고민된다."라고 자주 말했거든요. 그래서 저한테 더 노력하고 싶다고 의지를 불태우곤 했죠. 그게 이런 죽음이라는 노력까지 할 거라고는 예상하지 못했어요. 전 그래서 카톡을 받았을 땐 그저 여자친구가 미웠어요.

그런데 여자친구의 예약 카톡을 받고 며칠 뒤 모르는 사람에게 연락이
왔어요.

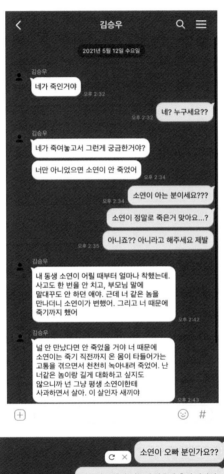

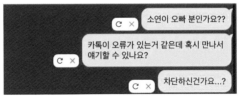

여자친구 오빠한테 온 카톡에는 저에 대한 원망밖에 없었어요. 이 이야기를 듣고서 저는 제가 지금까지 얼마나 이기적이었는지 생각할 수 있었어요. 여자친구는 절 위해서 자신의 목숨까지도 버렸는데... 전 그것도 알아주지 않고 그저 당장의 내가 힘들다고 원망만 했어요. 죽기 전까지 얼마나 많이 힘들었을지, 얼마나 많이 고민했을지... 또 얼마나 슬펐을지 아무것도 이해하려 하지 않았어요. 다소 과격한 방식이었지만 여자친구는 저를 배신하려 하지 않으려고 노력했고, 저를 위해 목숨까지 버릴 정도로 사랑했던 거였어요. 더 이상 여자친구를 원망할 수는 없을 것 같아요. 여자친구는 이기적인 사람이 아니라 용감한 사람이었어요. 저는 그저 겁 많고 남 탓만 하는 쓰레기였고요...

돌아보면 전 항상 이기적인 사람이었네요. 여자친구는 제 배려심 많은 점이 좋아서 저를 좋아한다고 말했지만, 전 누구보다 이기적이었어요. 저녁 식사를 어디서 할지와 같은 간단한 문제도 혼자서 단독적으로 정하는 모습이 강압적이진 않을지, 내가 고른 식당이 맛이 없으면 어쩌나 하는 걱정에 "아무거나 다 좋아"라면서 선택권을 여자친구에게 떠넘겼어요. 이렇게 늘 선택권은 여자친구에게 넘기고 저는 그녀가 고르는 것들을 따르기만 했어요. 여자친구한테 큰 짐을 넘겨준 거죠. 이런 저를 배려심 많은 사람이라고 평가해주는 여자친구에게 고마울 뿐이네요. 그리고 다행이에요. 세상을 떠나기 전 저를 배려심 많은 사람이라고 기억하고 갈 수 있었잖아요. 저의 이런 이기적인 속마음을 모른다는 것이 다행이기도 해요.

지금 말하는 내용들을 그냥 다 너무 힘들어서 쓰는 푸념들이니 크게 생각하지는 말아주세요... 여러분들은 제가 이기적인 사람이고, 제 여자친구가 불쌍한 사람이라고 생각하겠죠. 그렇다면 다행이에요. 적어도 여자친구를 비난하지는 않을테니까요.

이 글이 마지막이 될 것 같아요. 더 이상 죽은 여자친구에 대한 이런저런 이야기를 익명인 여러분들에게 말하는 것도 몹쓸 짓인거 같거든요. 그동안 제 얘기 들어주셔서 감사하고 지난번에 여자친구에 대한 추측도 함께 해주셔서 감사합니다...

저는 더 이상 뭘 위해 살아갈지 모르겠어요. 여러분들은 꼭 사랑하는 사람을 잃지 말고 이기적이지 않게 사랑하는 사람을 먼저 생각해주길 바랄게요... 전 제가 사랑하던 사람에게 진정한 배려를 보여주러 가겠습니다.

캐릭터 분석

· 소연

MBTI

: ESTP (모험을 즐기는 사업가)

나를 나타내는 해시태그

: #선입견없음 #발표잘함 #눈치빠름

TMI

: 형빈이 2번째 연애. 첫 연애는 똥차
: 제일 좋아하는 음식은 떡볶이
: 게임을 많이 안해봤지만 재능있음(늘 형빈을 이김)
: 입이 짧은데 먹을거에 욕심있어서 일단 시키고 봄
: 높은곳 싫어함

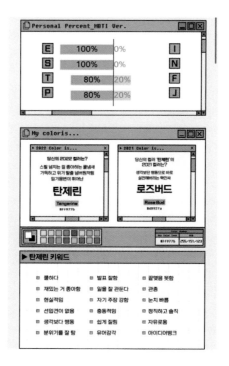

소연의 플레이리스트를 훔쳐보자!

소연 편집

⤬ 셔플재생 ▶ 전체재생

✓ 전체선택 8곡 30분

잘 알지도 못하면서 김예림 (Lim Kim)	▶	⋮
작별 인사 AKMU (악뮤)	▶	⋮
21 DEAN	▶	⋮
YOUTH Troye Sivan	▶	⋮
We Don't Talk Anymore (Feat. Selena... Charlie Puth	▶	⋮
다섯 번째 계절 (SSFWL) 오마이걸 (OH MY GIRL)	▶	⋮
여행 볼빨간사춘기	▶	⋮
꽃길 (Prod. By ZICO) 김세정	▶	⋮

· 형빈

MBTI
: INFP (열정적인 중재자)
나를 나타내는 해시태그
: #온화한성격 #멀티불가 #할많하않
TMI
: 과학을 정말 못해서 고등학교때 20점대를 맞은 적이 있다
: 연애는 소연이가 3번째다
: 제일 좋아하는 음식은 곱창
: 향기나는 것을 좋아함 (디퓨저, 비누, 향수 등)
: Ott 4개 구독중

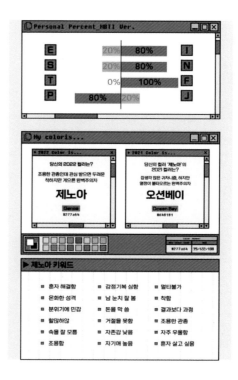

형빈의 플레이리스트를 훔쳐보자!

형빈　　　　　　　　편집

⤮ 셔플재생　　　　　▶ 전체재생

✓ 전체선택　　　　　8곡 · 29분

지구가 태양을 네 번
넬 (NELL)
▶ ⋮

좋은 밤 좋은 꿈
너드커넥션 (Nerd Connection)
▶ ⋮

내일이 오면 (Feat. 기리보이, BIG Naught...
릴보이 (lIlBOI)
▶ ⋮

Dancing With Your Ghost
Sasha Alex Sloan
▶ ⋮

Shoota (Feat. Lil Uzi Vert)
Playboi Carti
▶ ⋮

Bad Day
Daniel Powter
▶ ⋮

Lonely
Justin Bieber,benny blanco
▶ ⋮

Falling
Harry Styles
▶ ⋮

최후로 화복씨에게

나의 사랑하는 화복씨! 나는 이제 아무 말을 할 수가 없어요. 떨리고 불타는 안타까운 목소리로 "화복 씨! 화복 씨!" 부를 뿐이에요! 나는 이제 하루가 지나지 못하여, 그만 죽을 사람이외다. 세상에 온 것은 장차 나를 떠나가려 합니다. 당신을 알뜰히 생각하는, 고 아름다운 마음까지, 나에게서 떠나가려 합니다. 이 편지가, 나의 최후의 목소리요, 나의 최후의 눈물이외다.

아! 화복씨! 나는 붓대를 들지 못합니다. 나는 정신이 없어요. 온몸은 흐릿한 몽롱 속에 빠졌다가는, 저에게 무슨 감각을 줍니다. 그 감각이 일어날 때에는 내 몸을 녹여내는 양잿물 기운이, 코에 폭폭 사무침을 겨우 깨닫습니다. 나는 그 양잿물 기운을 코에 느끼며 잠꼬대하듯이 몇 마디 지껄입니다. 이 말을 옆에 있는 친구에게 부탁하며 당신에게 써 보내는 것이외다.

아! 화복 씨! 나를 영원히 잊어버려 주지 마세요! 그리고 나를 영원히 생각하여 주세요! 나를 영원히 잊어 버리지 아니하시고, 나를 영원히 생각하여 주신다면, 나는 기쁜 마음으로 죽겠나이다. 죽어 저 나라에 가서도 평안한 마음을 가지겠어요! 이것이 내가 죽으며 당신께 바라는 최후의 유언이외다. 아! 화복씨!

나는 당신을 위하여 살았어요. 그리하고 당신을 위하여 죽어요! 애인을 위하여 살고 애인을 위하여 죽는다는 것은 얼마나 즐거운 일일까요! 나는 죽음의 길을 떠나면서도 이것을 생각하면 도리어 기쁩니다. 지난봄, 도화 가지가 창에 비친 그 어느날 밤에, 내가 당신의 손을 잡고, DS 학교 사무실에서 "나는 당신을 위하여 살고, 당신을 위하여 죽겠습니다. 나는 당신의 물건이외다. 당신을 떠나서는 살지 못할 사람이외다." 하고, 나는 맹서 (맹세)를 하지 아니하였습니까? 옳소이다. 나는 그때 맹세 그대로, 오늘날 실행하게 되었구려! 그러나 화복씨! 나는 한 가지 한을 잊을 수가 없소이다. 그렇게도 사랑하고 사모하는 당신과, 원하던 가정을 이루지 못하고 그만 죽어버린다는 것은 참을 수 없는 고통이외다. 더욱이 다시 한번 뵙지도 못하고 그만 죽는 것은 영원히 잊을 수 없는 아픈 원한이외다.

아! 화복 씨! 죽기 전, 당신의 얼굴을 한 번 더 보고 싶어요! 그리고 당신의 목소리를 한 번 더 듣고 싶어요! 그 얼굴(얼굴)! 그 목소리는, 어디를 갔나요! 속히 내 앞에 나타나요, 내 귀에 들려주세요! 아! 그러나, 소용 없소이다. 당신은 오천 리 밖 동경에 있고, 나는 이 한양에 있으니, 어찌 내 앞에 나타나요, 어찌 내 귀에 들려올 수가 있겠습니까! 당신이 아까 우리 오빠가 보낸 전보를 보시고 황망히 오신다 하여도, 그때 이 사람은 벌써 이 세상 사람이 아니오, 구더기 수는 시체로 변하고 말 것이외다. 그리하여 당신이 이 편지를 보실 때에도 나는 이미 흙덩이로 돌아가는 고깃덩어리에 불과할 것이외다. 아! 화복씨! 생각하니, 싫소이다. 나는 왜 그리운 당신과 살지 못하고, 내 생명을 내 손으로 끊고 그만 죽을까요! 이것이 나의 죄일까요! 부모의 죄일까요! 그리고 사회의 죄일까요! 운명의 죄일까요! 아니외다. 나의 죄도 아니요, 운명의 죄도 아니외다. 부모의 죄요, 사회의 죄이지요! 나는 과도기에 있는 조선 사회에 있어서, 완고한 부모의 '놀잇감'이 되어, 그만 죽어버리는 하나의 희생자외다. 이제 말하오리다.

화복씨! 그제 저녁에 우리 부모는 나를 보고, 돌연히 계동 있는 김모의 집으로 시집을 가라 하더이다. 그러나 당신의 사랑이 된 나요, 어찌 그 말을 들을 수가 있겠습니까? 나는 그 자리에서 나는 나의 사랑하는 사람이 있고, 또는 모든 일을 내 마음대로 한다고 하였지요. 이 말을 들은 우리 부모는 얼굴이 새빨개지더니 "무엇이 어쩌고 어째!" 하고, 벼락같이 호령을 하며, 나를 죽여라 하고 난타하더이다. 그리하고 나중에는

"네가 죽어도 김 가의 집으로 시집을 아니 가고는 견디지 못할걸……." 하고, 하늘이 내려앉는 듯한, 우서운 위협을 하더이다. 나는 부모에게 위협과 매를 맞고, 그 날 밤에는 한잠도 자지 못하고 윗방에 홀로 앉아 울기만 하였지요.

아! 화복씨! 나는 울며, 나는 서러워하며, 천 가지 만 가지로 생각을 하였지요! 그러나 완고한 우리 부모는 나의 말을 종시 듣지 아니하고, 자기들의 뜻대로 할 것은 정한 일이외다. 내가 살아 있으면 김가의 집으로 시집을 가지 않고는 견딜 수가 없겠어요. 그리하여 나는 그제 저녁 밤새도록, 또는 어제 아침부터 밤까지 여러 가지로 생각하였으나, 도시 시원한 길이 없더이다. 죽지 않고는 다시 더 할 길이 없었어요! 그리하여 오늘 아침에 양잿물을 먹었습니다.

아! 화복씨! 나는 갑니다. 당신을 두고, 나는 갑니다. 19세의 꽃다운 청춘을 일기로 하여 나는 그만 갑니다. "화복씨! 화복씨!" 나는 당신의 이름을 한 번 더 부르고 싶어요. 그러면 세상에서 많은 복 누리시오! 죽어 저세상에서나, 반가이 만나, 방해 없는 사랑 속에 살아보사이다.

12월 5일
서울병원 6호실에서

45

「나도 사람이외다」

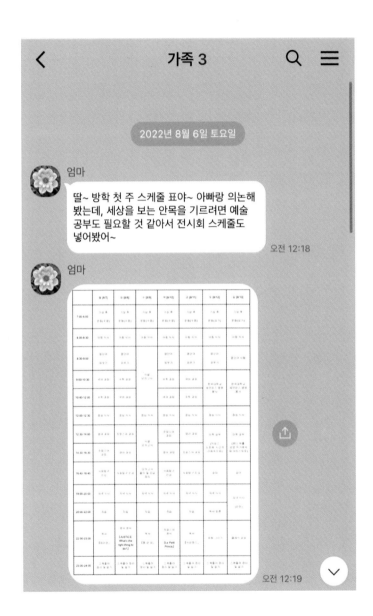

2022년 8월 6일 토요일

엄마

딸~ 방학 첫 주 스케줄 표야~ 아빠랑 의논해 봤는데, 세상을 보는 안목을 기르려면 예술 공부도 필요할 것 같아서 전시회 스케줄도 넣어봤어~

오전 12:18

엄마

오전 12:19

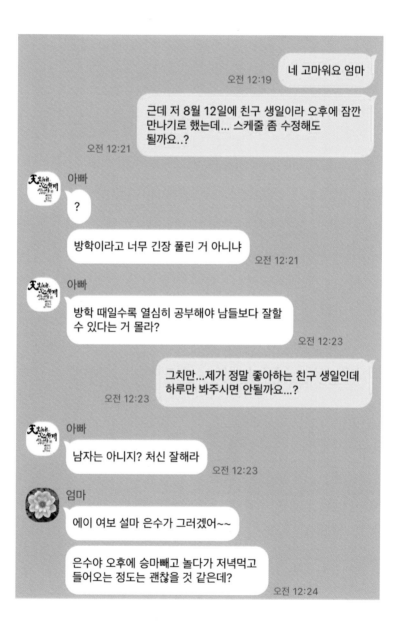

정말요?!

오전 12:24

엄마

그래 대신 8시까지는 들어와서 독서토론은 꼭 해야해~

오전 12:36

아빠

무슨소리야. 승마는 꾸준히 해야지 실력이 늘지. 그렇게 찔끔씩 타서 대회는 나갈 수 있겠어?

그리고. 그렇게 친구들이랑 놀아버릇하면 피곤해서 토론에 집중이 되겠어?

한창 중요할 시긴데 자꾸 바깥으로 나돌아다니면 못 쓴다.

오전 12:38

엄마

.... 그래 은수야. 용돈줄테니 저녁만 얼른 먹고 들어오는 게 좋겠다.

오전 12:39

아빠

당신이 애를 계속 맨날 감싸고 도니까 애 버릇이 나빠지잖아

내가 뭐 나 좋자고 이래? 은수 잘되라고 그런거지

오전 12:40

아빠

지금은 내가 나쁜사람처럼 보일지 몰라도 나중에 고마워 할거다

오전 12:44

알았어요...저녁만 먹고 들어갈께요

오전 12:53

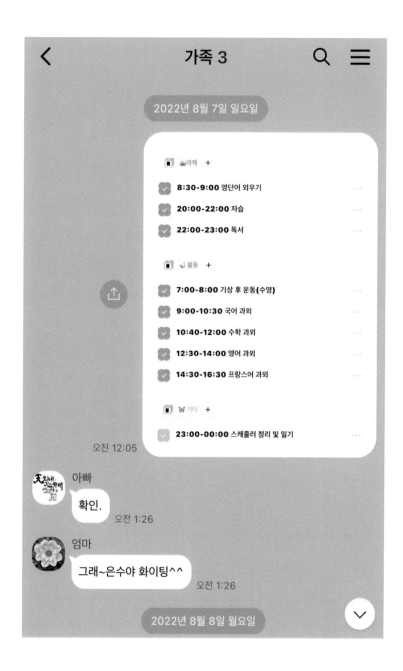

가족 3

2022년 8월 7일 일요일

■ ☕과제 +

☑ **8:30-9:00** 영단어 외우기 ⋯

☑ **20:00-22:00** 자습 ⋯

☑ **22:00-23:00** 독서 ⋯

■ ☁활동 +

☑ **7:00-8:00** 기상 후 운동(수영) ⋯

☑ **9:00-10:30** 국어 과외 ⋯

☑ **10:40-12:00** 수학 과외 ⋯

☑ **12:30-14:00** 영어 과외 ⋯

☑ **14:30-16:30** 프랑스어 과외 ⋯

■ ₩기타 +

☑ **23:00-00:00** 스케쥴러 정리 및 일기 ⋯

오전 12:05

아빠
확인.
오전 1:26

엄마
그래~은수야 화이팅^^
오전 1:26

2022년 8월 8일 월요일

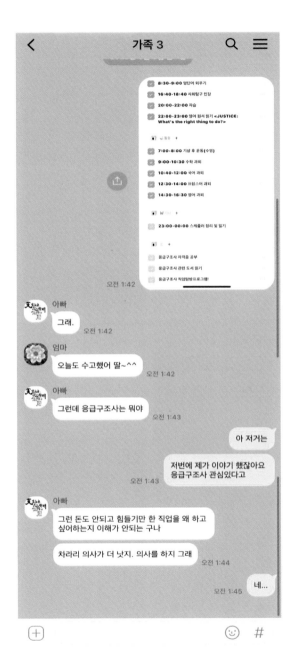

☑ 8:30-9:00 영단어 외우기
☑ 16:40-18:40 사회탐구 인강
☑ 20:00-22:00 자습
☑ 22:00-23:00 영어 원서 읽기 <JUSTICE:
What's the right thing to do?>

🔲 노인병 +

☑ 7:00-8:00 기상 후 운동(수영)
☑ 9:00-10:30 수학 과외
☑ 10:40-12:00 국어 과외
☑ 12:30-14:00 프랑스어 과외
☑ 14:30-16:30 영어 과외

🔲 📋 +

☑ 23:00-00:00 스케줄러 정리 및 일기

🔲 📋 +

☐ 응급구조사 자격증 공부
☐ 응급구조사 관련 도서 읽기
☐ 응급구조사 직업탐방프로그램

오전 1:42

아빠
그래.
오전 1:42

엄마
오늘도 수고했어 딸~^^
오전 1:42

아빠
그런데 응급구조사는 뭐야
오전 1:43

아 저거는

저번에 제가 이야기 했잖아요
응급구조사 관심있다고
오전 1:43

아빠
그런 돈도 안되고 힘들기만 한 직업을 왜 하고
싶어하는지 이해가 안되는 구나

차라리 의사가 더 낫지. 의사를 하지 그래
오전 1:44

네...
오전 1:45

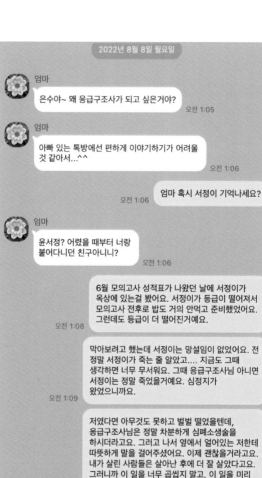

2022년 8월 8일 월요일

엄마
은수야~ 왜 응급구조사가 되고 싶은거야?
오전 1:05

엄마
아빠 있는 톡방에선 편하게 이야기하기가 어려울 것 같아서...^^
오전 1:06

엄마 혹시 서정이 기억나세요?
오전 1:06

엄마
윤서정? 어렸을 때부터 너랑 붙어다니던 친구아니니?
오전 1:06

6월 모의고사 성적표가 나왔던 날에 서정이가 옥상에 있는걸 봤어요. 서정이가 등급이 떨어져서 모의고사 전후로 밥도 거의 안먹고 준비했었어요. 그런데도 등급이 더 떨어진거예요.
오전 1:08

막아보려고 했는데 서정이는 망설임이 없었어요. 전 정말 서정이가 죽는 줄 알았고.... 지금도 그때 생각하면 너무 무서워요. 그때 응급구조사님 아니면 서정이는 정말 죽었을거예요. 심정지가 왔으니까요.
오전 1:09

저였다면 아무것도 못하고 벌벌 떨었을텐데, 응급구조사님은 정말 차분하게 심폐소생술을 하시더라고요. 그러고 나서 옆에서 얼어있는 저한테 따뜻하게 말을 걸어주셨어요. 이제 괜찮을거라고요. 내가 살린 사람들은 살아난 후에 더 잘 살았다고요. 그러니까 이 일을 너무 곱씹지 말고, 이 일을 미리 막지 못했다고 죄책감 가지지도 말고, 그냥 친구랑 함께 행복하게 잘 지내라고요.

전 그때 평생 느껴보지 못한 충격을 받았어요. 누군가의 생명을 살린다는게 얼마나 중요하고 멋진지... 다들 응급구조사를 무시하고 낮은 직업으로 여기지만, 죽음의 위기에 서있는 사람들을 가장 먼저 마주하고 구하는 사람들은 응급구조사들인걸요. 다른 어떤 직업보다도 저는 이게 제일 빛나보여요.
오전 1:10

엄마
... 그래. 잘 알았어
오전 1:17

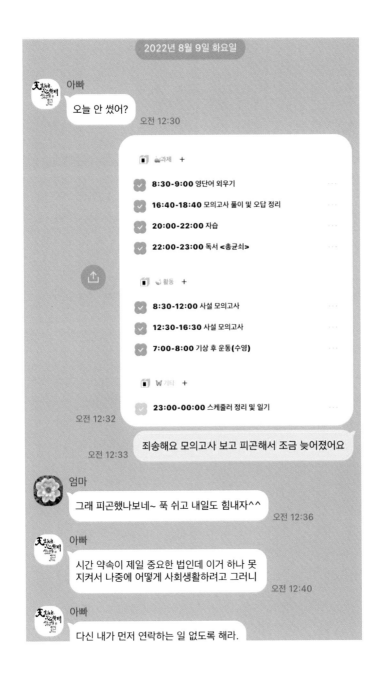

2022년 8월 9일 화요일

아빠

오늘 안 썼어?

오전 12:30

☐ 📖 과제 +

✓ **8:30-9:00** 영단어 외우기

✓ **16:40-18:40** 모의고사 풀이 및 오답 정리

✓ **20:00-22:00** 자습

✓ **22:00-23:00** 독서 <총균쇠>

☐ 🌙 활동 +

✓ **8:30-12:00** 사설 모의고사

✓ **12:30-16:30** 사설 모의고사

✓ **7:00-8:00** 기상 후 운동(수영)

☐ W 기타 +

✓ **23:00-00:00** 스케줄러 정리 및 일기

오전 12:32

죄송해요 모의고사 보고 피곤해서 조금 늦어졌어요

오전 12:33

엄마

그래 피곤했나보네~ 푹 쉬고 내일도 힘내자^^

오전 12:36

아빠

시간 약속이 제일 중요한 법인데 이거 하나 못 지켜서 나중에 어떻게 사회생활하려고 그러니

오전 12:40

아빠

다신 내가 먼저 연락하는 일 없도록 해라.

53

네 죄송해요...

오전 12:44

2022년 8월 10일 수요일

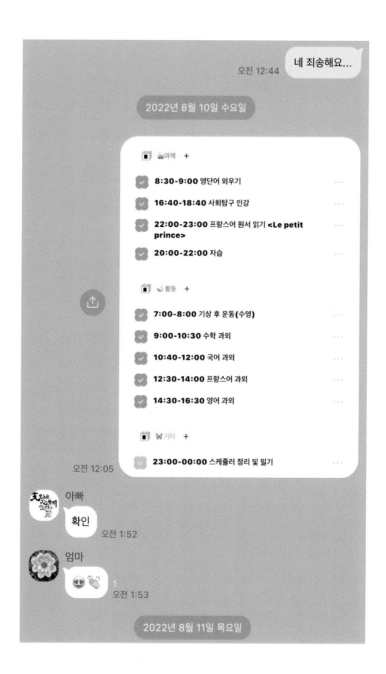

■ 📖과제   +

✅ **8:30-9:00** 영단어 외우기   · · ·

✅ **16:40-18:40** 사회탐구 인강   · · ·

✅ **22:00-23:00** 프랑스어 원서 읽기 **<Le petit prince>**   · · ·

✅ **20:00-22:00** 자습   · · ·

■ 🏃활동   +

✅ **7:00-8:00** 기상 후 운동 **(수영)**   · · ·

✅ **9:00-10:30** 수학 과외   · · ·

✅ **10:40-12:00** 국어 과외   · · ·

✅ **12:30-14:00** 프랑스어 과외   · · ·

✅ **14:30-16:30** 영어 과외   · · ·

■ ₩ 기타   +

✅ **23:00-00:00** 스케줄러 정리 및 일기   · · ·

오전 12:05

아빠

확인

오전 1:52

엄마

🥹👏

1

오전 1:53

2022년 8월 11일 목요일

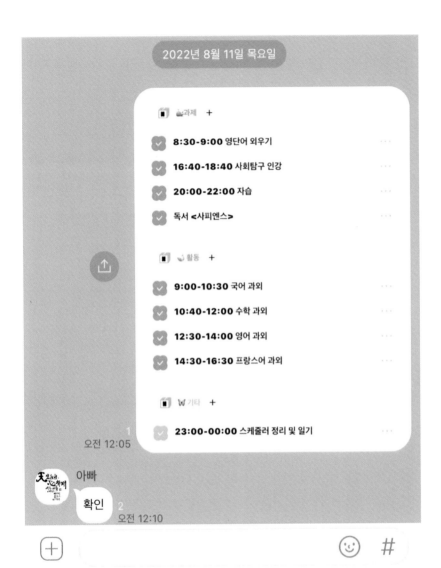

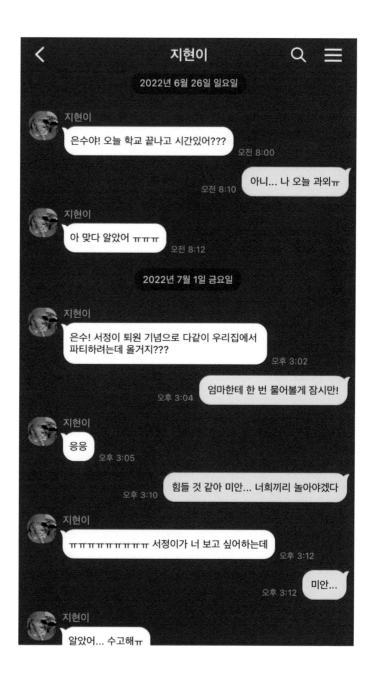

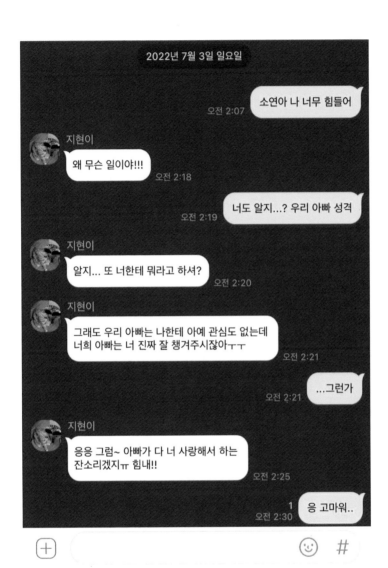

2022년 7월 3일 일요일

소연아 나 너무 힘들어
오전 2:07

지현이
왜 무슨 일이야!!!
오전 2:18

너도 알지...? 우리 아빠 성격
오전 2:19

지현이
알지... 또 너한테 뭐라고 하셔?
오전 2:20

지현이
그래도 우리 아빠는 나한테 아예 관심도 없는데
너희 아빠는 너 진짜 잘 챙겨주시잖아ㅜㅜ
오전 2:21

...그런가
오전 2:21

지현이
응응 그럼~ 아빠가 다 너 사랑해서 하는
잔소리겠지ㅠ 힘내!!
오전 2:25

1   응 고마워..
오전 2:30

57

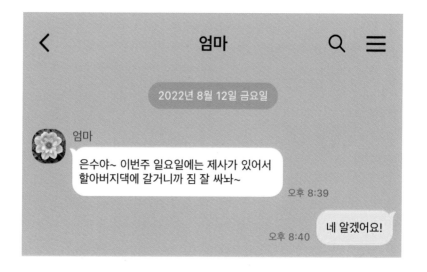

엄마

2022년 8월 12일 금요일

엄마

은수야~ 이번주 일요일에는 제사가 있어서
할아버지댁에 갈거니까 짐 잘 싸놔~
오후 8:39

네 알겠어요!
오후 8:40

2022년 8월 14일 일요일

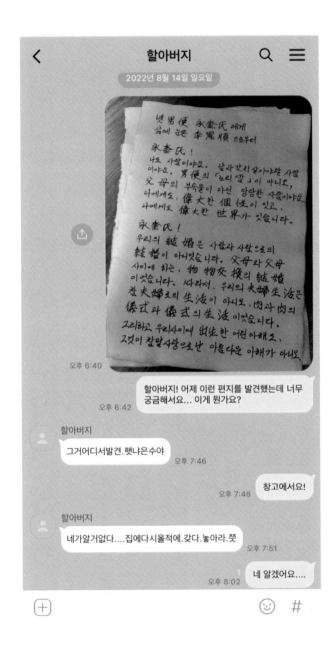

오후 6:40

할아버지! 어제 이런 편지를 발견했는데 너무
궁금해서요... 이게 뭔가요?

오후 6:42

할아버지

그거어디서발견.햇냐은수야

오후 7:46

창고에서요!

오후 7:48

할아버지

네가알거없다....집에다시올적에.갖다.놓아라.쯧

오후 7:51

네 알겠어요....

오후 8:02

엄마

2022년 8월 14일 일요일

할아버지

2022년 8월 14일 일요일

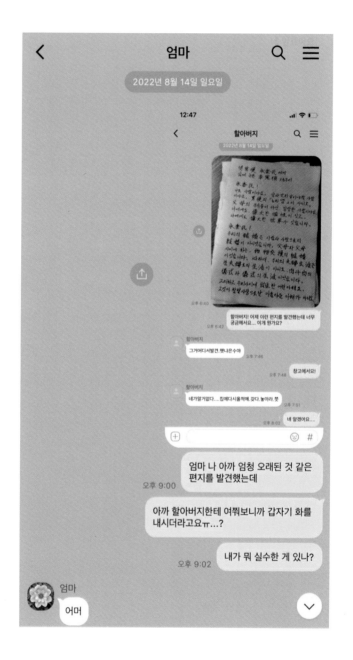

할아버지 어제 이런 편지를 발견했는데 너무 궁금해서요... 이게 뭔가요?
오후 6:42

할아버지
그거어디서발견.햇나은수야
오후 7:46

창고에서요!
오후 7:48

할아버지
네가알거같다....집에다시올적에.갖다.놓아라.풋
오후 7:51

네 알겠어요...
오후 8:02

엄마 나 아까 엄청 오래된 것 같은 편지를 발견했는데
오후 9:00

아까 할아버지한테 여쭤보니까 갑자기 화를 내시더라고요ㅠ...?

내가 뭐 실수한 게 있나?
오후 9:02

엄마
어머

그건 어디서 찾았니?

오후 9:04

엄마

그거 증조할아버지 유품이야

오후 9:05

진짜?!?!???

난 왜 이제 알았지?

오후 9:06

엄마

편지는 증조할머니가 쓴 거고

오후 9:07

엄마

네 할아버지가 증조할머니 얘기라면 끔찍하게
싫어하시니 화를 낼 수밖에 없지~

오후 9:08

편지 내용이 장난 아니던데... 증조할머니 이야기는
처음 들어봐

편지 대충 읽어봤는데 정확히 무슨
일이 있었던거에요??

오후 9:09

엄마

그게 말하자면 긴데...

오후 9:10

말해줘요ㅠㅠ 궁금해...

오후 9:12

엄마

할머니, 그러니까 너희 증조할머니는 고등학교를 갓
졸업한 나이에 결혼을 하셨어. 원해서 한 결혼은
아니었고 집안 끼리의 정략 결혼이었대. 아마 너도
편지에서 느꼈을거야. 두 사람의 결혼 생활은 그닥
행복하지 않았다는걸... 오히려 모두가 불행한 쪽에

61

가까웠었다는걸 말야.

오후 9:20

 엄마

우리도 그랬지만 그 시대의 정략결혼은 정말 사진 한 장 보고 결혼식장에 끌려가는 더 강제적인 일이었어. 그 결혼 생활이 행복했을리가 없지. 두 분 다 배려심이 깊은 성격이라 매일 소리지르고 싸우는, 그런 최악의 상황까지 치닫지는 않았지만 사랑없는 결혼이니 뭐.... 그래도 네 증조할아버지가 부모의 참견도 어느정도 막아주고 알게 모르게 숨은 쉴 수 있도록 도와줬대.

오후 9:25

 엄마

그런데 문제는 증조할머니가 그런 상황에 얌전하게 순응하는 성격이 아니었다는 거지. 그분에게는 반드시 이루고자 하는 간절한 꿈이 있었거든.

오후 9:27

오후 9:29   무슨 꿈?

 엄마

비행사. 증조할아버지가 처음부터 눈치챈 건 아니었대. 가끔 들리는 비행기 소리에 멍하니 하늘을 바라보곤 하는 아내의 모습을 셀 수 없이 보다 보니 자연스레 알아챈 거지. 그렇다고 네 외할아버지가 크게 할 수 있는 일은 없었어. 그러다 아이가 생겼고.

오후 9:36

오후 9:36   그 아이가 우리 할아버지구나

 엄마

응 그렇지. 네 증조할머니에게 할아버지의 존재는 축복이 아니었어. 사랑없는 결혼, 그 사이에서 태어난 아이를 얼마나 사랑할 수 있었겠어.

오후 9:38

 엄마

네 할아버지가 지금은 무뚝뚝하고 차가워 보이지만

처음부터 그런 건 아니었어. 증조할머니가 자신을 버리고 떠났다는 걸 알고나서 변한거지. 그렇다고 네 증조할머니가 네 할아버지를 사랑하지 않아서 떠난 건 아냐. 웃음기 하나 없던 커다란 집이 아이의 웃음소리로 가득 찼을 때 그 분의 마음이 얼마나 심란했겠니. 꿈도 실현하지 못하고 새장 안의 새가 된 자신과는 다르게 자유롭고 빛나는 아이의 모습을 보며 점차 다른 생각을 하게 된거지. 더이상 이렇게 살고 싶지 않다고 말야.

오후 9:51

엄마

체면을 엄청 중요시하는 집안에서 아들이 태어났으니 당연하게도 바깥에 얼굴 비출 일이 많아졌어. 하루는 아들을 데리고 비행 박물관? 그 때의 정확한 명칭이 뭔지 모르겠네.. 어쨌든 가족이 다같이 외출을 한 날이었다. 거기서 여성 비행사에 대한 이야기를 듣게 되거야. 자신과는 다른 세상의 일인 줄 알았기에 비행기 소리를 듣는 것만으로도 만족했던 과거와는 달라진 거지. 더이상 집안의 말 못하는 인형으로만 남기 싫다는 생각을 처음으로 하셨대. 아무래도 이게 그분의 꿈을 찾게 되는 계기가 되었겠지? 이 생각을 들키지 않았으면 좋았을텐데.. 그러기엔 보는 눈이 너무나도 많았던거지.

오후 9:57

엄마

집안과 인물, 그것만으로 결혼까지 시키는 분들인데 결혼을 했다는 이유만으로 관심을 뚝 끊으셨겠어? 그분이 힘든 일을 하지 않았으면 좋겠다며 가정부를 들였지만 그건 진짜 이유가 아니었어. 자신들을 대신하는 눈이 필요했던거야. 그렇게 네 증조할머니가 꿈에 대한 고민을 틈틈이 써두었던 일기장은 그 분들의 손에 넘어가게 돼. 그 분들 성격에 절대 가만 안 두지. 당장 불러서 헛된 꿈 포기하라며 닦달하셨다네. 집에서 가만히 내조나 할 것이지, 여자가 감히 어딜 나서냐며 세상에 몹쓸 말은 다 하셨나봐.

오후 10:06

오후 10:08

우리 집에서 그런 이유로 혼나는 사람은 나밖에 없을 줄 알았는데... 내가 증조할머니를 닮았나봐요

⌄

63

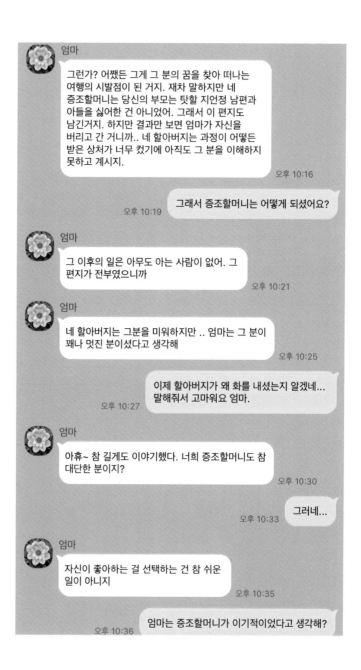

엄마

그런가? 어쨌든 그게 그 분의 꿈을 찾아 떠나는 여행의 시발점이 된 거지. 재차 말하지만 네 증조할머니는 당신의 부모는 탓할 지언정 남편과 아들을 싫어한 건 아니었어. 그래서 이 편지도 남긴거지. 하지만 결과만 보면 엄마가 자신을 버리고 간 거니까.. 네 할아버지는 과정이 어떻든 받은 상처가 너무 컸기에 아직도 그 분을 이해하지 못하고 계시지.

오후 10:16

그래서 증조할머니는 어떻게 되셨어요?

오후 10:19

엄마

그 이후의 일은 아무도 아는 사람이 없어. 그 편지가 전부였으니까

오후 10:21

엄마

네 할아버지는 그분을 미워하지만 .. 엄마는 그 분이 꽤나 멋진 분이셨다고 생각해

오후 10:25

이제 할아버지가 왜 화를 내셨는지 알겠네... 말해줘서 고마워요 엄마.

오후 10:27

엄마

아휴~ 참 길게도 이야기했다. 너희 증조할머니도 참 대단한 분이지?

오후 10:30

그러네...

오후 10:33

엄마

자신이 좋아하는 걸 선택하는 건 참 쉬운 일이 아니지

오후 10:35

엄마는 증조할머니가 이기적이었다고 생각해?

오후 10:36

64

엄마

글쎄. 하지만 모두가 만족할 선택은 없는거니까...

오후 10:37

 엄마

그런데 뭐랄까... 엄마는 증조할머니의 그 뚝심이
부러울 때가 있어. 누군가를 위한 삶이 아니라 나의
삶을 사는 게 얼마나 어려운지 잘 아니까

오후 10:39

 엄마

너무 길게 이야기하느라 괜히 너 공부하는 시간
뺏은 것 같다. 얼른 공부해~

오후 10:40

 1 ㅠㅠ 또 공부... 알겠어요 얘기해줘서 고마워요

오후 10:41

silverwaterrrrr 나는 과연 어떤 삶을 살고있는가. 짜여진 시간표대로 그저 움직일 뿐이다. 늘 제자리이다. 증조할머니께서는 사람은 자기 청춘을 다하여 인생을 재미있게 살아야한다고 말씀하셨지만 나의 삶은 여전히 버려지고 있다. 대체 내가 어떻게 해야하는 걸까. 지금처럼 사는 게 정답인 걸까.
-
 행복하게 살고싶다. 그렇다고 다른 이를 불행하게 만들어가면서 누리고 싶진 않다. 할머니도 누군가에게 불행을 남기고 싶었던건 아닐텐데. 이 죄책감에서 어떻게 벗어나신걸까?
-
 진정한 나를 찾아가는 과정이 왜 다른 이들을 아프게 하는 걸까? 아빠 말대로 잘하는 거 하나 없는 내가 꿈 하나만 보고 무작정 다른 길로 가는 게 맞나. 이 고민에 끝은 있을까? 사실 이미 답은 내렸는데 나의 발목을 붙잡고 있는 것들에 매달려 실행하지 못했다면. 어렵다. 너무 어렵다. 내일은 다시 할머니의 편지를 읽어봐야겠다. 그리고 당신은 해냈지만 나는 해내지 못하는 이유가 무엇인지 생각해봐야겠다.

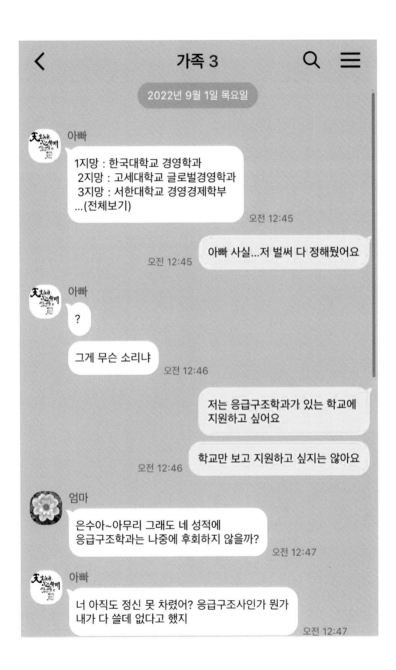

가족 3

2022년 9월 1일 목요일

아빠
1지망 : 한국대학교 경영학과
2지망 : 고세대학교 글로벌경영학과
3지망 : 서한대학교 경영경제학부
...(전체보기)
오전 12:45

아빠 사실...저 벌써 다 정해뒀어요
오전 12:45

아빠
?

그게 무슨 소리냐
오전 12:46

저는 응급구조학과가 있는 학교에
지원하고 싶어요

학교만 보고 지원하고 싶지는 않아요
오전 12:46

엄마
은수아~아무리 그래도 네 성적에
응급구조학과는 나중에 후회하지 않을까?
오전 12:47

아빠
너 아직도 정신 못 차렸어? 응급구조사인가 뭔가
내가 다 쓸데 없다고 했지
오전 12:47

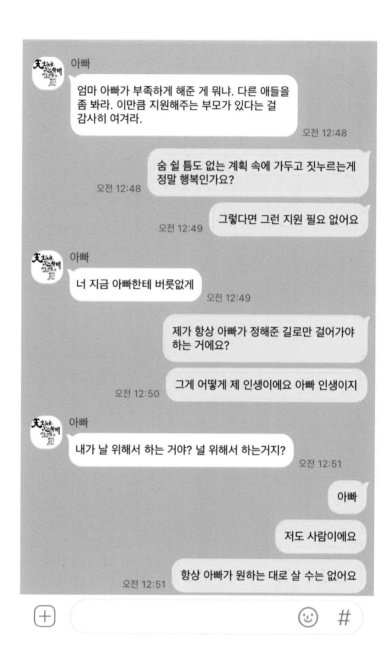

silverwaterrrrr 날 이해해줄 거라 믿었던 엄마가 어떻게 그런 말을 할 수 있지? 정말 이 집에 내편이라곤 한 명도 없는 건가? 아빠 말대로 하면 되는 줄 알았는데.. 나를 불행하게 만드는 사람을 기쁘게 하기 위해 사는 인생은 내 인생이 아니다. 가족을 불행하게 만들고 싶지 않다고 생각하면서 정작 내 자신이 불행해지고 있는 건 안중에도 없었다. 내 속은 곪아가고 있는데, 부모님이 행복할 수 있다는 이유로 그들의 말을 따른다면 그게 과연 옳은 일일까?

-

더 이상 이렇게는 살 수 없다. 증조할머니는 본인을 위한 선택을 했다. 나는 그 선택이 이기적이라고 생각했는데, 아니다. 사람은 먼저 타인을 위한 선택이 아니라 나 자신을 위한 선택을 해야만 한다. 내 삶은 온전히 나의 것이어야만 한다.

-

증조할머니는 비난 받을 것을 알면서도 자신을 위한 선택을 했다. 누구에게도 비난 받지 않을 선택은 없다. 그러니까 나는 날 위한 선택을 해야겠다.

2022년 5월 15일 일요일

아빠, 제가 증조할머니 이야기를 듣고 생각을 좀 해봤는데요

오전 12:54

아무리 고민해봐도 이번만큼은 제가 원하는대로 하고싶어요

오전 12:55

 아빠

증조할머니?

오전 12:55

 아빠

네 증조할머니처럼 가족들을 버리고 간 행동이 얼마나 무책임한 행동인지 몰라서 그래?

그러니까 지금까지 욕을 먹지

그래 어디 마음대로 해봐라

대신 넌 분명 후회하게 될꺼다

오전 12:56

 아빠

내가 너를 너무 오냐오냐 키웠어

오전 12:57

아빠

네가 너무 복에 겨워서 이렇게 철없이 행동하는 거 언젠가는 후회하게 될 거야. 아빠 말 들을 걸 하고

오전 12:58

아빠 엄마를 불행하게 만들지 않으려고 하면서 정작 내 자신이 불행해지는 걸 계속 방관해왔어요.

할머니 편지 보면서 느꼈어요. 아무리 소중하고 사랑하는 가족이라고 해도 다른 사람에게 얽매이게 되면 내 꿈은 뒷전이 된다는걸요. 그러니까 이제는 자유롭게 제 꿈을 위해 살아가고 싶어요. 이번만큼은 제 선택을 믿어주세요.

오전 1:00

혹여나 제 선택이 잘못됐더라도, 그 책임과 결과마저 저의 몫이에요. 아빠가 절 사랑한다면, 정말 지금까지 절 위하셨던 거라면... 이번엔 제 선택을 묵묵히 지켜봐주시는 게 절 위한 거예요.

전 절 위한 선택을 하겠어요

오전 1:01

silverwaterrrrr 처음으로 내가 원하는 것을 부모님께 이야기했다. 당연히 난리가 났다. 할아버지 귀에 까지 들어가면 정말 집안이 발칵 뒤집힐 거다. 앞으로 어떤 힘든일이 있을지 정말 두렵다. 그리고 정말 내가 원하는 꿈을 이룰 수 있을지도 모르겠다.

-

그러나 나는 한 발자국 앞으로 내딛었다. 지금은 그것만으로 충분하다고 생각한다. 정말 죽을 힘을 다해 낸 첫 걸음이고 나는 계속해서 내가 원하는 선택으로 내 길을 걸을 것이다.

3초 전

캐릭터 해석

· 은수

MBTI
: ISFJ (용감한 수호자)

나를 나타내는 해시태그
: #모범생같은 #자기방어 #프로메모러

TMI
: 하루 일정이 다 끝나고 귀가하는 중에 가끔 길고양이를 만나면 준비해 둔 츄르를 꺼낸다.
: 책상 위에 다육 식물 두개를 놓고 키운다.
: 눈물이 많지 않은 편이지만 K-신파에 약하다 (감정적으로 힘들었던 일이 많아서 덤덤한 편이지만, 노리고 만든 연출에 쉽게 무너지곤 한다)
: 못 먹는 음식이 없다 (급식으로 나오는 석박지까지 싹싹 긁어먹어서 알게 모르게 급식 아주머니들의 사랑을 받고 있다)

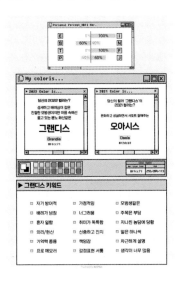

은수의 플레이리스트를 훔쳐보자!

편집

은수

<

⤬ 셔플재생   ▶ 전체재생

✓ 전체선택   8곡 · 31분

어른
Sondia

Track 9
이소라

삐뚤어졌어
선우정아

유리정원
루시드폴

Older
Sasha Alex Sloan

Give It Up
Cody Fry

집까지 무사히
루시드폴

Enough
우효

「나도 사람이외다」 원문

영규씨! 나도 사람이어요. 남과 함께 살아야 할 사람이어요.
남편의 '놀잇감'이 아니요 부속물이 아닌, 당당한 사람이어요.
나에게도 위대한 개성이 있고, 나에게도 위대한 세계가 있습니다.

영규씨! 우리의 결혼은 사람과 사람으로의 결혼이 아니었습니다.
부모와 부모 사이에 하는 물물교환의 결혼이었습니다.
따라서 우리의 부부생활은 참 부부의 생활이 아니요
육과 육의 의식과 의식의 생활이었습니다.
그리하고 우리 사이에 출생한 어린아이도 그것이 참말 사랑으로 난,
아름다운 아이가 아니요. 맹목적 육으로 난 어쩔 수 없는 아이외다.

영규씨! 재작년 가을이 아니었습니까?
삼각산의 단풍이 어린 아가씨의 붉은 치맛자락같이 바람에 휘날리고,
성방야 뜰 위에 내린 하얀 이슬이 미인의 눈물같이 아침해에 빛나고 있을 때이었지요!
이때 우리 두 사람은 서울 정동 예배당에서 결혼을 거행하지 아니하였습니까? 그러나 그때
나는 겨우 고등보통학교를 졸업한 단순한 처녀로, 세상 물정을 도시 알지 못하였습니다.
남편이 무엇인지, 가정이 무엇인지, 시집을 가면 무엇을 하는지 아무것도 알지를 못하였어요.
다만 부모가 가라니까 부모의 명령을 어기지 못하여 당신에게로 시집을 갔었을 뿐이외다.

영규씨! 당신은 처음부터 나의 사랑하는 남자가 아니었습니다.
그리하고 이해 있는 남자가 아니었습니다. 따라서 당신은 나의 사랑하는 남편이 아니요
또는 이해있는 남편이 아니었습니다.
당신은 나에게 형식으로의 남편이었고, 나도 당신에게 형식으로의 아내이었지요!
이러하여 두 사람은 불같은 사랑이 흐르고 빛발같이 연연같이 한 이해가 있는 부부가
아니었습니다. 다시 말할 필요도 없거니와 당신과 나 사이에는 다못 '오해'를 깨우는
듯하고 서리를 밟는듯한, 차고 쓰리고 깔깔한 재미없는 부부가 아니었습니까?

아! 영규씨! 세월은 흐릅니다. 물 흐르듯이 철철 흐릅니다.
당신과 결혼을 한지도 벌써 3년이 넘었구려! 그러나 결혼한 지 3년 동안에 두 사람
사이에 남은 것은 무엇입니까? 충돌과 싸움과 눈물과 한숨뿐이었지요! 그리하고 알 수 없는
어린애 하나뿐이에요! 아, 나는 당신의 아내라는 이름 아래 3년동안이나 나의 어여쁘고
향기나는 고운 청춘을 눈물과 근심으로 지내왔나이다.

영규씨! 너무도 책망치 마소서. 나는 이미 이지에 눈뜬 사람이 되었습니다. 썩어지고 내음새나는 구 도덕에 얽히어 그 속에서 굼벙이같이 우울우울 살고 있을 사람이 아니외다. '부정한 여자라' '해당년이라'라고 정신없는 도학자들이 야단을 할지라도, 그 말에 무서워서 나의 못나진 남자와 살아갈 여자가 아니외다. 나도 사람이어요! 사람으로의 권리를 가진 당당한 사람이어요. 내 마음대로 살고 내 뜻대로 살 수 있는 당당한 사람이어요.

영규씨! 이제부터 나는 내 뜻대로 살아야 하겠습니다. 나를 잊어주소서. 나를 영원히 잊어주소서. 오늘부터 나는 당신의 아내가 아니외다. 그리고 남자의 부속품인 여자가 아니외다. 나는 먼저 완전한 사람이 되어야 하겠어요. 그 후에야 여자도 되고 아내도 되겠어요!

영규씨! 당신도 시대사상을 조금이라도 이해하신다면, 나의 이 편지에 많은 동정을 하시리다. 부부 사이에 제일 중요한 것은 사랑이 아닐까? 그러나 당신과 나 사이에는 그 중한 사랑이 없었습니다. 이 사랑이 없는 부부가 어찌 부부며 또는 남편이 되고 아내가 될 수 있습니까? '사랑' 사랑은 인생의 꽃이외다. 사랑을 모르는 자처럼 불행한 자는 세상에 다시 없습니다. 그리하고 사랑이 없는 가정처럼 쓸쓸한 가정은 세상에 다시 없습니다. 사랑을 알고 사랑을 담는 가정은, 그 사랑이 북돋는 사람이요 그 가정이 꽃피는 가정이며, 사랑을 모르고 사랑을 닫지 못한 가정은 그 사람이 불행한 사람이요 그 가정이 사막의 가정이외다.

영규씨! 우리의 가정에는 사랑이 없었습니다. 따라서 우리는 불행한 사람이고, 우리 가정은 사막의 가정이었습니다. 그러나 사람은 잘 살아야 합니다. 할 수 있는 대로, 자기 일생을 즐겁게 지내고 유쾌히 보내야 합니다. '죽어 천당을 간다' 이라한 말은 우둔한 사람들의 잠꼬대뿐이요. 사랑으로 난 이상에는 자기의 청춘이 스러지기 전에 마음껏 힘껏 재미있게 지내고, 즐겁게 지내야 합니다. 그러면 우리도 우리의 재미없는 가정을 깨치고, 당신이나 내나 각각 새로운 길을 구하여야 하지 않겠습니까?

영규씨! 나는 갑니다. 나는 나의 사랑하는 애인으로 더불어, 재미있는 나라를 찾아갑니다. 과히 노하지 마십시오! 사랑하는 사람이 사랑하는 사람을 사랑한다는 것은 영원한 진리이다. 이곳에 참 생명의 피가 뛰는, 진정한 종교가 있고 도덕도 있을 것이다. 이 진리대로 사는데 대하여, 뉘가 감히 말을 하며, 뉘가 감히 헛소리를 하겠습니까?

영주씨! 우리의 부부라는 것은, 우리의 사회와 부와 만들어 놓은, 한 장난거리였습니다.
당신은 이것만을 생각하여 주소서. 그리하고 이 장난거리의 부부가 장차 떠날 날이 있다는 것을
생각하여 주소서. 그러면 당신과 내가 서로 떠나는 것이 그리 이상한 일이 아니겠지요!
도리어 정당한 일이냐? 하겠지요! 따라서 당신도 나를 그리 책망치 아니하겠지요!

영주씨! 나는 나의 사랑하는 애인과 함께, 명일 동경으로 떠납니다.
우리의 전도에 많이 축복하여 주소서. 그리하고 지나가는 세월중에 사회와 부의 장난으로,
당신과 내가 한 번 부부가 되어 보았다는 것만 기억하여 주옵소서.
길이 안녕하옵소서. 그만 그치나이다.

3월 7일

「아내가 바람 피우는 것 같은데 폰 몰래 보는 방법 좀 알려주실 분」

아내가 바람 피우는 것 같은데 폰 몰래 보는 방법 좀 알려주실 분 (1)

　안녕하세요.. 5살 아이 하나 있는 결혼한 30대 남자입니다. 답답한데 어디 말할 곳이 없어서 여기다가 올려봅니다.. 두서없지만 제 이야기 읽어주시면 감사하겠습니다. 최근에 아내의 행동이 이상한 게 한둘이 아니었습니다. 제가 퇴근하기 전에는 항상 집에 있던 사람이 말도 안 하고, 뜬금없이 외출하고 없는 경우가 종종 있었습니다. 전 제가 진짜 흔히들 말하는 사랑꾼이라고 스스로 자부할 수 있을 정도로 평소에 아내한테 정말 잘해줍니다. 물론 아내도 저한테 그만큼 잘해주고, 원래 어디 가면 간다고 꼭 서로 말합니다. 또 나갈 일이 생겨도 제가 퇴근하기 전까진 꼭 집에 왔습니다. 흔히들 말하는 현모양처라고 할 수 있겠네요. 근데 결혼 한지도 이제 한 6년 정도 됐으니까 신혼 초기보다는 당연히 뜨겁진 않고, 저도 그렇고 아내한테도 개인 시간이 더 필요할 것 같다고 느껴지더라고요. 연애할 때부터 서로 취미고 친구고 뭐고 다 밀어내고 서로 사랑하느라 바빴으니까요. ㅋㅋ 그래서 처음엔 그냥 가벼운 볼일 보는 그 정도라고 생각했습니다. 근데 말도 안 하고 외출하는 게 점점 잦아지니까.. 진짜로 남자 생긴 건지 의심이 됐습니다. 저도 이렇게 의심하게 되는 제가 싫지만.. 의심되기 시작한 이후로 아내랑 한 카톡을 다시 확인해 봤는데 어떤지 한 번 봐주세요. 캡처본 첨부하겠습니다.

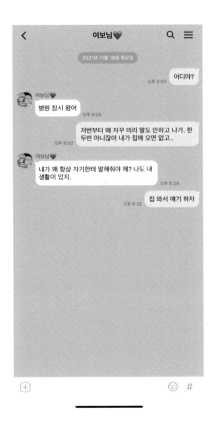

81

말없이 나간 상황에 카톡 한 거만 캡처한 건데, 첫 번째 사진 보면 사실 처음 저렇게 말 안 하고 외출했을 때도 변해가는 것 같아서 기분이 조금 나빴습니다. 근데 제가 쪼잔한 것 같고 자존심 상해서 얘기 자체를 안 했어요. 저 때는 서점 간다길래 원래 책 좋아하고 가끔 취미로 소설도 써서 별 의심을 안 했거든요. 근데 또 말을 안 하고 나갔더군요.. 제가 진급하기 전 까진 집으로 팩스 받을 일이 많아서 팩스기를 사용했었는데, 진급 이후 안 써서 그런지 고장이 난지 꽤 됐습니다. 근데 갑자기 그걸 들고 수리를 하러 갔다는 겁니다.. 저 때도 갑자기 왜지?라는 생각이 들었긴 한데, 다시 보니까 그걸 핑계로 딴 사람 만나러 나갔나 싶은 생각이 들었습니다.. 마지막 사진 보면, 한 달 뒤에 퇴근하고 집에 왔는데 없길래 너무 열이 받아서 화를 냈습니다. 저 날 회사에서도 깨지고 기분 너무 안 좋았는데, 저런 일이 또 생기니까 정말 화가 주체가 안되더라고요. 그래서 집 가서 좀 다퉜습니다. 쓰다 보니 벌써 자정이 넘었네요. 혹시 이런 경험 있으신 분 중에 폰 몰래 볼 수 있는 방법이 있을까요? 혹시 아내나 남편, 혹은 애인 폰 몰래 빼돌려서 본 적 있는 사람 방법이나 경험담 공유 부탁드립니다.

112개의 댓글

배음 ○○   🖒 61   🖓 2

빼박 바람인 것 같은데??????? 일단 팩스기 대부터 뭔가 이상함○○○○ 팩스 지금 당장 쓰지도 않는 건데 굳이?? 고칠 필요나 없잖아

답글 3개 ▼ | 답글쓰기

배음 ○○   🖒 54   🖓 0

음 씻으러 갔을 때 재빠르게 확인 ㄱㄱ 아니면 실수로 아내 폰 들고간 척하고 외출하세요

답글 4개 ▼ | 답글쓰기

배음 ○○   🖒 47   🖓 0

제일 무서운 게 사람이 변하는 거라고 하던데.. 안타깝네요 잘 해결됐으면 좋겠습니다..ㅠ

답글 0개 ▼ | 답글쓰기

배음 ○○   🖒 54   🖓 0

마지막 카톡 내용 보면 병원 간다는데 어디 아파서 간 건지 물어보셨나요??? 뭔가 그거 물어보면 바로 답 나올 것 같은데..

답글 4개 ▼ | 답글쓰기

아내가 바람 피우는 것 같은데 폰 몰래 보는 방법 좀 알려주실 분 (2)

  안녕하세요 여러분. 댓글 다 확인했습니다. 생각보다 댓글이 많이 달렸더라고요! 혹시 제 글을 기다리신 분이 계시다면, 먼저 늦어서 죄송하다는 말씀을 드리고 싶습니다. 또 많은 방법, 경험담 알려주신 분들 고마워요. 사실 긴 시간 동안 많은 일들이 있었습니다. 놀라지 말고 읽어주세요. 천사같은 제 아내가 하늘나라로 떠났습니다. 지금은 장례식도 다 끝내고 잘 마무리된 상태고요. 하지만 한결같이 저를 먼저 생각해 주던 착한 아내를, 제가 죽인 것 같은 느낌이 드네요.. 아내가 바람피우는 게 아니었습니다. 그렇게 생각한 제 자신이 너무 밉고, 그냥 나도 같이 확 죽어버릴까라는 생각까지 들었습니다. 일단 저번에 제가 의심이 된다고 한 부분들부터 다 설명해 드리겠습니다.

  알고 보니 아내가 많이 아팠습니다. 아내가 팩스기를 고치러 간다고 한 것은 병원 진단서를 저 몰래 받으려고 거짓말을 했더라고요. 병원을 계속 가야 하니까, 그걸 숨기려고 계속 거짓말한 거였습니다. 저한테까지 아픈 것을 숨긴 아내가 너무 원망스러우면서도 안쓰럽습니다. 제가 조금이라도 빨리 알아차렸어야 하는데.. 돌이켜 보니 회사 일이 바쁘다는 핑계로 아내에게 관심을 가지지 않았던 것 같습니다. 아내가 죽고 나서야 폰을 열어보게 됐습니다. 평소에도 SNS를 즐겨 하던 사람이라, 정리하는 것은 제 몫이라고 생각하며 인스타에 들어갔습니다. 근데 내가 아는 계정 말고 다른 계정이 하나 더 있더라고요. 일기장으로 쓰고 있었습니다. 게시글을 보는 순간 정말 그 자리에서 펑펑 울었습니다. 살면서 이렇게 운 적이 없었던 것 같아요.

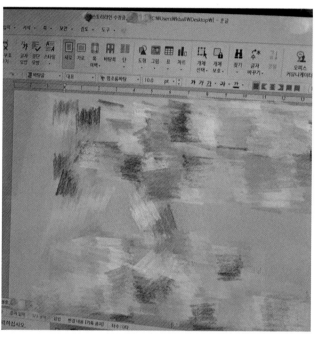

♡ ○ ▽   🔖

zoqelvkdlxld 얼마 전 00출판사에서 연락이 왔다. ^^ 나에게 이런 행운이!!!! 너무너무너무 행복한 순간이었다. 이 꿈을 이루기 위해 내가 포기한 것들과 노력한 것들을 생각하면.. 너무 꿈만 같다. 하지만 아직 포기해야 할 것이 많나 보다. 나는 작가가 되기엔 한 아이의 엄마로서, 한 남자의 아내로서 충실해야 한다. 어떻게 이 역할을 다 한단 말인가~~~.. 아직도 성순씨에게도 털어놓지 못했다. 성순씨는 당연히 내가 하고 싶은 일 다 하라고 하겠지만.. 아직은 말할 용기가 나지 않는다. 그리고 소설을 연재하더라도 잘 될지 안 될지도 모르니까 잘 되면 서프라이즈로 놀라게 해야지~~ ㅋㅋㅋㅋ ㅎㅎㅎ 😊 출판사에서 연락을 받았을 때 너무 놀라서 심장이 터지는 것 같았다. 터진다기 보다 조금은 쥐어짜는 듯한?? 너무 기뻐서 그런가.

zoqelvkdlxld

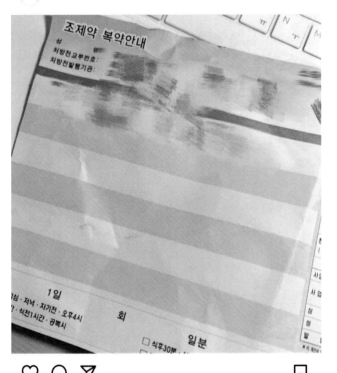

zoqelvkdlxld 요즘 계속 심장이 아팠다. 🫢 처음엔 별거 아니라고 생각했지만, 이거 갈수록 아픈 빈도가 잦았다. 설거지할 때도 아팠고, 며칠 전엔 아파서 자다가 깼다. 가족들에게 괜한 걱정을 안겨주기 싫어 성순 씨에겐 서점에 간다고 말하고 병원에 다녀왔다. 의사 선생님께서는 CT를 찍어보자 하셨다. 겁 없는 나지만 그래도 조금은 무서웠다. 그치만 최근에 몸 관리를 안 한 지 너무 오래 됐으니 ㅋㅋㅋㅋ 약 먹고 관리하면 낫겠지! CT 검사 예약을 하고 집으로 왔다. 이제 약도 먹고 운동도 꾸준히 하면서 멋진 엄마, 아내 그리고 작가.. 가 되겠다고 다짐한다. 아자아자 파이팅!!

zoqelvkdlxld

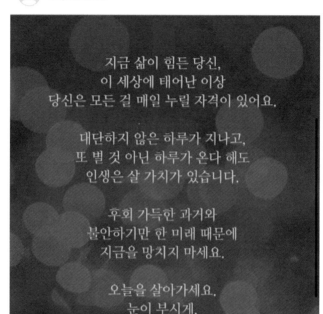

지금 삶이 힘든 당신,
이 세상에 태어난 이상
당신은 모든 걸 매일 누릴 자격이 있어요.

대단하지 않은 하루가 지나고,
또 별 것 아닌 하루가 온다 해도
인생은 살 가치가 있습니다.

후회 가득한 과거와
불안하기만 한 미래 때문에
지금을 망치지 마세요.

오늘을 살아가세요.
눈이 부시게.

♡ 💬 ✈   🔖

zoqelvkdlxld 오늘도 성순 씨에게 말도 안 되는 팩스기 핑계를 대고 CT를 찍으러 갔다. 성순 씨 미안해 회사일도 바쁜데 나 때문에 괜히 골칫거리만 늘까봐 계속 거짓말하고 병원 왔어 검사도 검사지만 사람들이 많아 시간이 좀 걸렸다. 그래도 요즘은 아픈 것보다 소설 연재할 생각에 너무너무 행복한 하루를 보낸다. 내가 좋아하는 일, 하고 싶은 일을 하는 것은 얼마나 축복받은 일인가. 나는 정말 복받은 사람이다. 오늘도 감사하며 하루를 살아간다.

참 근데 요즘 내가 성순 씨 퇴근 때 병원 간다고 집에 없었는데 별로 화내는 기색이 없다. 답장 텀도 길었는데.. 조금은 이상하다.. 내가 병원 가는 걸 알고 있나?! 아니면 다른 의심을 하는 건가? 사랑이 식었나? ...

zoqelvkdlxld   •••

zoqelvkdlxld 병원에서 연락이 와 결과지를 받으러 갔다. 오늘은 성순 씨에게 정직하게 병원을 간다고 말했다. ^^ 별 탈 없을 줄 알았던 결과가 설마 했던 결과가 꽤 충격적이었다. 설마가 사람 잡는다더니.. 병원에서는 서울의 좀 더 큰 병원으로 가서 정밀 검사를 받아보라고 했다. 심장병의 일종 같다고 하시며 빠른 시일 내에 수술이나 치료 절차를 밟지 않으면 평생 병원에서 보내거나 쇼크가 올 수도 있다고 하셨다. 진짜 큰일이네. 할게 태산인데.. 또 이렇게 내 꿈의 기회는 사라지는 건가? 😢 그리고 만약 수술을 받는다면 그 돈은 어떻게 하지? 지금 생활비나 지출도 막막한데 어떻게 수술을 하겠다고 말하지? 00출판사랑 계약을 하면 돈이 생기니까 일단 그때까지 성순 씨에겐 비밀로 해야겠다. 그리고 최근 들어 별로 아프지도 않은 것 같고.. 병원에선 또 빨리 수술하라고 일부러 겁주는 거 일 수도 있으니까?? 큰 병원으로 가는 건 일단 미뤄야겠다. 요즘 매일 꿈에서 유명 작가가 되어 이름을 날리는 꿈을 꾼다.

깨고 나면 다시 꿈속으로 들어가고 싶을 정도로 행복하다. 😌 사랑하는 성순 씨, 그리고 우리 아들. 꼭 자랑스러운 아내, 엄마가 될게. 조금만 기다려줘 🖤

근데 성순 씨, 내가 병원 간다고 했는데 이젠 화부터 내네. 😢 사랑이 식은 게 분명해. 가서 삐진 티 좀 내야지. ㅋㅋㅋ

87

아내 인스타 게시물입니다. 너무 미안합니다.. 바람이라고 의심한 것부터, 제 일이 바빠서 아내를 신경 쓰지 못한 점이 평생 죽을 때까지 저를 용서 못 할 것 같습니다. 저는 이제 어떻게 살아가야 하나요. 아내가 집에서 무 얼 하는지, 조금만 더 유심히 관찰했다면 소설을 쓰고 있었다는 것과 병원 을 갔다는 것도 알 수 있었을 겁니다.. 항상 저와 제 아들을 우선시하면서 정작 자기 자신 하나 못 챙긴 아내가 너무 원망스러워요. 원망스러우면서도 너무 미안하고.. 또 제 자신이 너무 미워서 화가 나고.. 요즘 하루를 이런 생각을 되풀이하며 살아가고 있습니다. 그냥 확 아내를 따라갈까 생각이 들 다가도 아들의 얼굴을 보면 절대 그럴 수가 없습니다. 아내가 절대 이런 모 습을 원하지 않을 테니까요.. 하지만 제가 아내 없는 이 세상을 살아갈 양 심조차 있을까요? 이젠 더 이상 살아갈 원동력이 없습니다. 마지막에 병원 에 간다고 했을 때, 감정이 앞서 어디가 아파서 간 건지, 많이 아픈 건지 물어보지도 않은 제가 너무 원망스럽습니다. 또 자신에 대한 사랑이 식었다 고 느낀 아내에게 너무 미안합니다.. 아내가 바람을 피운다고 생각하게 된 시초도, 결국 제가 아내에게 사랑을 더 많이 주지 못한 이유에서 출발했다 고 할 수 있겠네요. 정말 전 죽을죄를 지었습니다.. 화난 감정이 앞서 병원 에 갔다는 말에 왜 자꾸 말도 없이 나갔냐는 제 대답.. 시간을 돌릴 수만 있다면.. 얼마나 좋을까요. 아내가 너무 보고 싶습니다. 바보 같은 저 때문 에 고생만 하다가 갔다는 생각을 머릿속에서 떨쳐버릴 수가 없습니다. 미안 해 정말.. 쓰다보니 두서없이 하소연을 많이 했네요. 읽어주셔서 감사합니 다.

.
.
.
.
.
.
.
.
.

+ 2022. 1. 12

안녕하세요. 오랜만이죠? 저를 걱정해 주고 위로해 주는 많은 댓글들 다 확인했습니다. 제가 뭐라고.. 이렇게 걱정을 많이 해주셔서 정말 감사하고 또 감사합니다. 걱정과 달리 전 정말 잘살고 있습니다.ㅎ 사실은 현재 아내 소설을 연재하고 있어요. 생각보다 반응이 좋아서, 하루에 몇 번씩이나 아내를 떠올리며 벅차 눈물이 글썽거립니다. 출판사에서도 제 모든 사정을 알고 있고, 아내 이름으로 소설이 연재되고 있습니다. 아내의 소원대로 정말 더 유명해지면, 어떤 작품인지 소개하겠습니다. 많은 분들이 궁금해하셨던 아이도 잘 크고 있습니다. 아내의 빈자리는 너무 크지만.. 완성하지 못한 아내의 퍼즐을 맞추기 위해 저도 열심히 조각을 모으며 살아가고 있습니다. 요즘 아내의 소설을 연재하고, 감상평들을 보는 게 제 삶의 원동력이라고 할 수 있겠네요. ㅎㅎ 종종 댓글 확인하러 오고 있어요. 빨리 저의 자랑스러운 아내의 작품을 공개하는 날이 오면 좋겠습니다. 많은 분들이 관심을 가져주셔서.. 다시 한번 정말 감사합니다.

.

.

.

.

.

.

+ 2022. 3.21

오랜만입니다. 다들 잘 지내시죠? 오늘은 제가 아주 기쁜 소식을 들고 왔어요.ㅎ 아내의 작품이 베스트셀러에 올랐거든요. 이쯤 되면 많이 궁금해하실 것 같습니다. 멋진 제 아내 소설 소개하고 갈게요. 평생의 단 한 권의 작품이지만, 재밌게 읽어줬으면 좋겠습니다! 앞으로 글 쓰는 일은 없을 것 같아요. 아내 소원도 이뤘고, 저도 나름 저의 삶을 열심히 살고 있거든요. 종종 댓글은 보러 올게요. 처음부터 응원해 주던 모든 분들, 항상 복 많이 받으시고 항상 하는 얘기지만.. 정말 감사해요.

마지막으로 곁에 있는 분들의 소중함을 잊어버리지 않으셨으면 좋겠습니다. 익숙해지면 그게 당연해지고, 그 소중함을 망각하게 되더라고요.ㅎ 부디 사랑하는 사람을 곁에서 꼭 지켜주세요, 꼭!

454개의 댓글

○ ○   👍 828   👎 0

와 진짜 이건 레전드다. 역사에 남아야 함.. 마음을 다잡고 일상으로 돌아오기까지 얼마나 힘들었을까요.. 이렇게 잘 일어나주셔서 정말 감사합니다 진짜 진짜 고생 많았어요 쓴이님..ㅠㅠ

답글 14개 ▾ | 답글쓰기

○ ○   👍 729   👎 2

헐 조체이 작가????? 진짜 대박.. 미쳤다 내 친구 소설광이라 나한테 이거 추천해 줬는데.. 작가님 필력 오진다고 진짜 칭찬 많이 했음 ㅠㅠㅠㅠ 작가님 부디 편히 쉬시길.. 당장 읽으러 갈게요ㅠㅠㅠ

답글 6개 ▾ | 답글쓰기

○ ○   👍 677   👎 1

이 썰 자체가 그냥 소설 같네요. 아내도 남편분 덕분에 하늘에서 많이 행복해하고 있을 거예요. 쓴이님도 하는 일 모두 잘 되시고.. 항상 행복한 날들만 가득하시길 바랍니다!

답글 3개 ▾ | 답글쓰기

○ ○   👍 54   👎 0

2022년 최고의 화제썰이다. 이건 판에 있을 내용이 아님. 올리자 ㄱㄱ

답글 4개 ▾ | 답글쓰기

○ ○   👍 47   👎 0

소설 꼭 읽어봐야겠다.. 쓴이님 수고 많으셨어요! 항상 아내와 아이를 생각하면서 멋진 날들을 보내주세요. 응원합니다!

답글 0개 ▾ | 답글쓰기

91

캐릭터 해석

· 성순

MBTI
: INTJ (용의주도한 전략가)

나를 나타내는 해시태그
: #이상한유머 #고집셈 #효율성추구

TMI
: 방을 항상 깨끗하게 해야 하는 강박증이 있다. 책상도 항상 깔끔하고, 절대 침대에서 무엇을 먹지 않는다.
: 직업은 화가이다.
: 정자의 음식이 맛이 없더라도 무조건 맛있다고 해준다.
: 정자에게만은 무엇이든지 다 털어놓는다. 엄청난 사랑꾼이다.
: 보기와는 다르게 지브리 애니메이션을 좋아한다.

성순의 플레이리스트를 훔쳐보자!

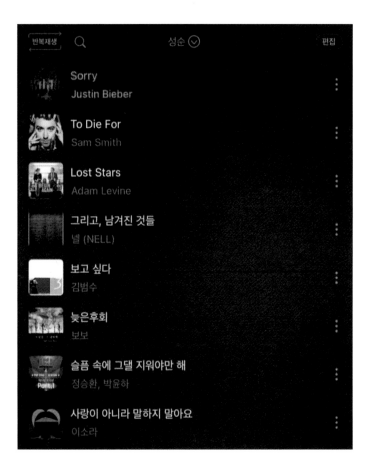

· 정자

MBTI
: ESFP (자유로운 영혼의 연예인)

나를 나타내는 해시태그
: #부탁거절못함 #늘즐거움 #분위기메이커

TMI
: 요리하는 것을 좋아한다. 자신의 음식을 먹는 성순과 아들의 맛 평가를
기대한다. 그들이 좋아하는 모습을 보고 뿌듯해한다.
: 어릴 때 부터 글 쓰는 것을 좋아했다.
: 학창시절에는 공부는 안하고 소설만 읽었다. 특히 추리소설을 좋아한다.
: 밝은 계열의 옷을 주로 입는다. 하늘색의 옷이 잘 어울린다.
: 충동구매를 잘 한다. 그리고 그 물건들은 창고에 쌓여있는게 대부분이다.

정자의 플레이리스트를 훔쳐보자!

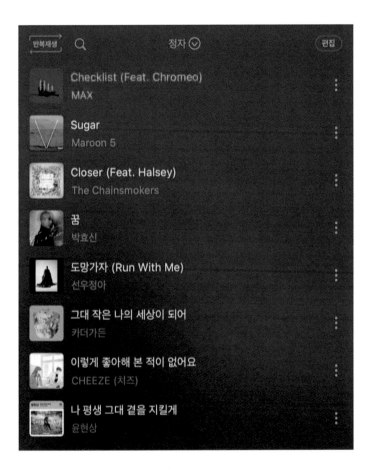

" 정자의 영전에" - 당신의 남편 성술은

이미 영원의 객이 된 정자여!
나는 정자 씨의 영 앞에 무엇을 쓰리만치, 마음이 가라앉지 아니하였소이다.
나는 울면서 나는 눈물을 콜리면서 "정자 씨! 정자 씨!" 하고 애고 (슬픈 묘고)에 사무친
소래 (소리) 로, 당신은 부를 뿐이외다.
아! 당신은 왜 죽었나요! 그리하고 나는 왜 당신을 구원하지 못하였나요! 슬프외다. 서럽
소이다.
당신은 얼마나 아픈 마음을 가지고 그만 죽었습니까? 마지막 숨이 넘어갈 때에도 얼마나 아프고
괴로웠습니까?
그러나 정자 씨!
당신은 나의 품에 안겨 죽었지요! 당신이 평생 믿음하던 바다 같이 당신은 나의 품에서
마지막 눈을 감았었지요! 그러나 나는 만약 어린 자식이 없다 하면, 나는 당신과 함께
죽기를 조금도 주저하지 아니하였겠습니다.

정자 씨!
나는 이제부터는 나의 마음을 의탁할 곳이 없소이다. 슬픔이나 괴로움이나 한숨이나 눈물이나
그 무엇을 물론하고 당신이 있을 때에도, 나는 그 모든 것을 잘 참았나이다. 그리하고 기쁨이나 즐거움이나
춤이나 무엇을 물론하고 당신과 함께 있을 때에도 맛끝마다 겹이 좋았나이다.

정자 씨!
나는 당신이 죽었다고는 생각되지 아니합니다. 그리하고 죽었을 때에도 당신을 죽은 사람 같이
여기지 아니하였습니다. 당신의 시체를 당신이 반든 '이불' 위에 눕힌 후, 나는 그 목을 들어
안고 울었습니다. 아! 그러나 내 가슴이 묻지라도 당신은 알지 못하더이다. 이전 같으면 크게 놀래어
나의 눈물을 씻어주며 "울지 마세요!" 하고 위문하여 줄 당신으로 ……
당신의 아름다운 죽음! 대리석 같은 당신 얼굴과 숨이 영웅같이 싸늘하여 묻지라도 나는 당신의
가슴에 숨기인 게 돌기 있음을 보고, 살리라고 기뻐하였습니다.
그러나 당신은 죽었습니다. 아! 눈물, 눈은 가려우는 눈물, 하염없이 떨어져 나의 옷을 적십니다.
아! 당신은 왜 죽었나아가 ?
어린아이는 걱정하지 마서요! 잘 기르리라. 그리하고 당신이 쓰선 소설을 걱정하지 마서요! OO서관이나
교섭하여 즉시 출판케 하오리다. 그 작품이 세상에 나오면 당신의 몸은 비록 죽었으나, 당신의 생명은
살겠지요! 그리하고 당신의 메모는 길이 빛날 하오리오!

아, 정자 씨!

어린아이는 당신의 죽음을 아는지 몸에 놀이 붙는 것처럼 심히 울고 있소이다. 아이의 울음소리를 들을 때에는 더욱 가슴을 칼로 도려내는 듯이 아프고 저리외다.

정자 씨!

하늘나라에서 길이 평안을 누리시오. 나는 어린아이를 데리고 꽃 피는 봄날 비 내리는 가을로 한결같이 보내며, 외로움과 슬픔으로 이 세상을 마치고자 합니다. 그리하고 나의 이상인 그림은 더욱 힘써 그리겠습니다. 자! 그러면 이다음 죽어서 다시 만나봅시다.

10월 6일

무덤에서 돌아다

작가 후기

최은빈(INFJ) : 작품 활동을 통해 다양한 형태의 사랑을 마주할 수 있어 기뻤습니다. 스스로에게든, 타인에게든 누군가를 사랑하는 것에 회의적이었던 제가 '사랑'이라는 오아시스에 살짝이나마 발을 담글 수 있는 시간이었습니다. 노자영의 『사랑의 불꽃』에는 근대 시기의 다양한 인물의 다양한 사랑 방식이 등장합니다. 그리고 결국 누군가를 사랑하는 것은 과거나 지금이나 여전히 슬프고, 자극적이고, 낭만적임을 깨닫게 합니다. 독자 여러분도 저희의 작품을 통해, 노자영의 『사랑의 불꽃』을 통해, 시대의 사랑을 주의 깊게 살펴볼 수 있다면 좋겠습니다. 읽어주셔서 감사합니다.

박은결(ENTJ) : 「솔직히 말해서」 편을 전담해서 썼습니다. 사실 처음부터 죽음과 파국이 예정된 작품이라 상당히 고민과 걱정이 많았어요. 그래도 잘 마무리해서 기분이 좋고 저희 조제이 팀원들이 항상 좋은 말만 해줘서 행복한 연재였습니다. 다들 고마워요.

최지원(ISFJ) : 글을 쓸 때는 늘 겁을 먹는 것 같아요. 그래서 나의 문장들로 하나의 글이 완성되었다는 게 아직도 믿기지 않네요! 팀원들이 없었으면 저의 문장들은 마침표를 찍지 못한 채 지워지고 사라지기를 반복했을 거예요. 다시 한번 고맙습니다. 마지막으로 저희의 손때 묻은 글들이 더 많은 사람에게 읽혀 노자영의 『사랑의 불꽃』이 다시 뜨겁게 타오르는 날이 오길 바라며, 우리의 『사랑의 불꽃』을 떠나보냅니다! 안녕!

강서희(ESFJ) : 시간이 지나도 여전히 변함없는 것은, 사람과 사람 사이에 존재하는 '사랑'이라고 생각합니다. '사랑'이 없었다면 '사랑의 불꽃'도, 웹소설을 발행할 생각조차 못 했을 것 같아요. 미래에 많은 것이 바뀔지라도 '사랑'은 변함없는 불꽃이 될 것이라고 믿습니다! 너무너무 의미 있는 활동이었고 부족한 저를 항상 잘 이끌어주신 팀원들 너무너무 감사합니다 :) 또 하나하나 긴 후기 남겨준 친구들 정말 고마워 ♡

이수현(ENFJ) : 이야기를 만들고 사람들에게 보여주는 게 꿈이었지만 늘 용기가 없어서 도전하지 못했습니다. 그러나 우연한 기회에 좋은 친구들을 만나서 전에는 생각도 못 했던 여러 경험을 하게 되었습니다. 노자영의 『사랑의 불꽃』을 읽으며 1920년대의 젊은이들의 감수성에 감동받기도 하고, 동료들과 책 원문을 찾아다니느라 도서관을 땀 흘리며 돌아다니기도 하고, 초고를 완성하느라 밤을 새우기도 하고, 자잘한 힘이 많이 드는 회의들을 거치며 '사랑의 불꽃 : 다시 만난다면 사랑한다고 말하고 싶어'를 완성시키는 모든 과정들이 정말 유익하고 감사한 시간이었습니다. 프로젝트의 방향성을 잡아주시고 통찰력 있는 피드백을 해주신 담당 교수님께 감사드리며, 고생한 저희 '조제이' 친구들에게 너무 수고했고 고맙다는 말을 하고 싶습니다. 마지막으로 저희의 이야기를 읽어주신 모든 독자분들께 감사드립니다.

부록

『사랑의 불꽃』 원문

사랑의 부름

─(田 春)─

「사랑의 불꽃」目錄

사랑 의 불 꼿 目 次

사 랑 의 불 씻　　八

毒藥을마신후에

=（最後로華福氏에게）=

죽음의길을차저가는

ー洪順愛는울님ー

나의사랑하는華福氏!

나는이제아모말도할수업서요、썰니고、불타는、안락가운목소래로、『華福氏ー華福氏ー』

하고부를쓴이야요! 나는이제하로가지나지못하야、 그ー죽을사람이외다。世上에모든

젼、장차나에게서、써나가랴합니다。당신을알늘이생각하는、고ー아름다운마음써지、

나에게서써나가랴합니다。이片紙가、나의最後의목소래오、나의最後의눈물이외다。

아! 華福氏ー

나는붓대를들지못합니다。나는정신이업서요! 온몸은흐릿한朦朧속에싸젓다가는、겨

에게、무삼感覺을줍니다。그感覺이일어날째에는、내몸을누여내는、양잿물氣運이、묘

에죽々사모침을겨우세닷음니다。나는그양잿물氣運을코에늣기며、잠고대하듯이、멧마

대직거림니다。이말을넘헤잇는、천구K에게부탁하야、당신에게써보내는것이외다。

아!華福氏!

나를永遠히이저바려주지마서요!그리고나를永遠히생각하여주서요!나를永遠히이저

바리지아니하시고、나를永遠히생각하여주신다면、나는깃분마음으로죽겟나이다。죽

어저나라에가서도、평안한마음을가지겟서요!이것이내가죽으며、당신세바라는最後

의遺言이외다아!華福氏!

나는당신을위하야、살앗서요!그리하고、당신을위하야죽어요!愛人을위하야살고、

愛人을위하야죽는다는것은、얼마나즐거운일일가요!나는죽음의길을써나면서도、이

것을생각하면、도리혀깃붐니다。

지난봄、桃花가지가窓에비친、그어느날밤에、내가당신의손을잡고、DS學校事務室에

사 랑 의 불 쏫

九

『나는 당신을위하야살고、당신을위하야죽겟슴니다。나는당신의물건이외다。당신

을써나서는、살지못할사람이외다』

하고、나는맹서를하지아니하엿슴니까?을소이다。나는그쌔맹서그대로、오날날實行

하게되엿구려ー

그러나華福氏ー

나는한가지恨을이즐수가업소이다。그러케도사랑하고、思慕하든당신파、원하든家庭

을일우지못하고、그만죽어바린다는것은、참을수업는苦痛이외다。더욱히다시한번비

읍지도못하고、그만죽는것은、永遠히이즐수업는알혼怨限이외다。

아!華福氏ー

죽기전、당신의얼골을한번더 보고십허요! 그리고당신의목소래를한번더듯고십허요ー

그얼골! 그목소래는、어대를갓나요! 속히내압해낫타나고、내귀에들녀주서요ー아!그

러나, 所用업소이다。당신은五千里밧東京에잇고、나는이漢陽에잇스니、엇지내양해낫

타나고、엇지내귀에들녀줄수가잇겟슴니싸? 당신이앗가우리윱바가보면、뎐보를보시

고、황망히오신다하야도、그쌔이사람은、벌서이世上사람이아니오、구덕이시는、시

테로변하고말것이외다。그리하고、당신이片紙를보실쌔에도、나는입의흙덩어리로

도라가는、고기덩어리에불과할것이외다。

아! 華福氏ー

생각하니、설소이다。나는웨그리운당신과살지못하고、내生命을내손으로씃코、그럿

죽을가요! 이것이나의罪일가요! 父母의罪일가요! 그리고社會의罪

일가요! 아니외다。나의罪도아니오、運命의罪도아니외다。父母의罪요、社會의罪이

지오! 나는過渡期에잇는朝鮮社會에잇서서、완고한父母의「노리샌」이되야、그만죽어

바리는、하나의犧牲者외다。이제말하오리다。

華福氏ー

사당의 불옷

一一

그제저녁에、우리부모는、나를보고、돌연히桂洞잇는金某의집으로、시집을가라하더

이다。그러나、당신의사랑이된나로、엇지그말을들을수가잇겟슴니까？나는그자리에

서、나는나의사랑하는사람이잇고、쏘는모든일을내마음대로한다고하엿지오！이말을드

른우리부모는、얼굴이쎌개지더니

『무엇이엇더코、엇쎄ー』

하고、벼락갓치호령을하며、나를죽으라하고、란락하더이다。그리하고、나종에는

『네가죽어도、金가의집으로시집을아니가고는、견대지못할걸……』

하고、하날이나려안는듯한、무서운위험을하더이다。나는父母에게위협파만혼매를맛

고、그날밤에는、한잠도자지못하고、웃방에홀로안저、울기만하엿서요ー

아ー華福氏ー

나는울며、나는설어하며、천가지만가지로、생각을하엿지오！그러나、완고한우리부모는

내의말을종시듯지아니하고、자기들의뜻대로할것은、定한일이외다。내가살아잇스면、金

가의집으로、 시집을가지안코는、 견댈수가업겟게서요! 그리하야、 나는그제저녁밤새도

록、 쓰는어제아참부러밤싸지、 여러가지로생각하엿스나、 도시시원한길이업더이다。

죽지안코는、 다시더할길이업섯서요! 그리하야、 오날아참에양재물을먹엇습니다。

아! 華福氏!

나는감니다。 당신을두고、 나는감니다。 十九歲의쯧다운靑春을一期로하야、 나는그만

감니다。『華福氏! 華福氏!』나는당신의일홈을한번더부르고싶허요! 그러면世上에서

만흔복누리시오ㅡ 죽어저世上에서나、 반가히맛나、 방해업는사랑속에、 살아보사이

당。

十二月五日

ㅡ(서울ㅛ病院六號室에서)ㅡ

사랑의 불꽃

月花氏에게

（濃闇에서 夢笑는）—

月花氏!

밋숲은밤열두시외다。이불을쓰고、자리에누어、잠을자랴고하나、잠이도시오지아니
합니다。몸을이리뒤척、저리뒤척하며、無限히애를쓰고잇습니다。

異常하게도窓에는、달빗이빗처엿습니다。헐벗고、쎼만남은、梧桐가지가、그우에그
림자를지우고、가는바람이지나갈째마다、흔들～합니다。맛치하얀조회우에、
가츰추는듯이뵈엄니다。

아! 月花氏!

나는그窓에비천梧桐가지를、한참동안이나바라보앗습니다。그러나、나는그개무상美

사 당 의 불 옷

四五

룰늣기고, 무상생각을가짐이아니외다, 그저보는줄모르게, 다못바라한를뿐이외다。

月花氏!

나는그梧桐가지를바라보다가, 그만울엇슴니다。눈물은, 쓰고잇는이불우에, 하염업시쩌러짐니다。얼마동안울고보니까? 마음이조금시원합니다。가삼에열든熱情울, 눈물로녹여, 밧갓으로쏫오면, 그마음이시원하여지는것도無理는아니외다。나는언제든지, 당신을생각하야, 쓰리고적적함을늣길쌔에는, 울엇슴니다。우는것이야말도, 나의慰安이지오! 그러나내가운다고하면, 엇던사람은비우슬더이외다。사나희子息이울기는웨울어하고。그러나우는것은自由외다。그리하고, 우는그쌔에, 高蹈된그情緒야말로, 피랴는쏫이오、련단된金이외다。

아! 月花氏!

당신은나의生命이지오 - 그리하고나의힘이시지오! 나는언제든지당신을생각지안는쌔가업스며、쏘는山으로가든지、바다로가든지、당신을그리워아니하는쌔가업슴니다。

그리하고、검은哀愁에싸이어、한숨을쉬다가도、당신만생각하면、나의가삼에는、宋

氣러운바람이붑니다。

月花氏!

나는世上의모든것을咀呪하엿습니다。나는世上의모든것을斷念하엿습니다。나에게는

깃분것이엄고、즐거운것이업습니다。모든것이무덤의해끌갓치뵈임니다。나의마음을

끈는물건은、임의世上에서、그자최를감초앗습니다。그러나、당신하나만은나에게祝

福이외다。나에게즐거움이외다。모든것을咀呪한、이시커먼世上우에、나는당신따함

세、조고마한「오아씨스」를만들고저함니다。그리하고、그속에서、당신의손을잡고、

永遠히노래하고저함니다。

아!月花氏!

나는오날밤도견댈수가업구려!어린애갓흔말이나、참말당신이그리워、견댈수가업습

니다。冊을보랴니、그것도보기실코、무엇을생각하랴니·모든것이귀찬코、잠을자랴

사 랑 의 불 꼿

四七

사랑의 불꼿

닛, 잠도아니오고, 참말야단낫슴니다。 참말큰변낫슴니다。 그러나、 나는이러한째마

다、 눈을감고、 당신을차저감니다。 푸른생각의줄을타고、 山을넘고、 들을지나고、 바

다를건너、 당신을차저감니다。 그리하야나종은、 당신이계신、 寄宿舍第二號室의창문

을가만히열고、 말업시살짝뛰여드러감니다。 그쌔당신은몸에香水통약러고、 粉紅「네

마세」를입은후、 하얀「침대」우에고요히안저잇더이다。

月花氏!

오날밤은잠을자지못하겟슴니다。 달도밝고、 당신생각도나고。그한밤을새우겟슴니다。

외로히皿床녑헤안저、 「만도린」을쓰드며、 밤을새우겟슴니다。

흘너가는저녁내(夕川)여!

네마음을실고가라

푸른달이쓸째에는

나와함세우서보자!

나의甚히 조화하는 이 노래를「만도린」에맛처 노래하며、 밤을새우겟습니다。 그러나、 나

는이 노래를부를쌔에、 나의쓸는情의불길을、 그 노래의旋律쯀라고、 쯧업시쯧업시、 하

날저便싸지날아가겟슴니다。 그쌔에幸여나、 이노래쇼래가、 당신의가삼에부듸칠째、

나의쓰거운情의불길인것을、 당신이알아주실는지오!

아! 月花氏!

오는三月에는、 내가東京을가겟슴니다。 그러면半가히뵈올줄로암니다。 그쌔에는晶間

이나마、 春期放學째이니싸? 月花氏도、 얼마간時間이잇겟지오! 그러면우리손에손을

잡고、 房州나、 혹은日光等地로旅行을가사이다。 그리하야、 滋味잇는꿈을쑤어보사이

당。

길이安寧하옵쇼서。 그만붓을더지나이다。

사랑의불꽃

靜子의靈前에

五〇

……(당신의男便聖淳은)……

님의永遠의客이된靜子여!

나는靜子氏의靈압페、무엇을쓰리만치、마음이가라안지아니하엿소이다。나는울면서

나는눈물을흘니면서「靜子氏!靜子氏!」하고、哀調에사모친목소래로、당신을부를뿐이외다。

아ー당신은、웨죽엇나요!그리하고、나는웨당신을救援하지못하엿나요?슯흐외다。

설소이다。

당신은얼마나압흔마음을가지고、그만죽엇슴니까?마지막숨이넘어갈쌔에는、얼마나

압흐고、얼마나피로웟슴니까!

그러나靜子氏!

당신은나의품에안기어죽엇섯지오! 당신이平生말삼하든바와갓치당신은나의품에서、

마지막눈을감앗섯지오! 그러나、 나는萬若어린子息이업섯다하면、 나는당신과함세죽

기를、 조곰도주저하지아니하엿겟슴니다。

靜子氏!

나는이제부터는、 나의마음을依托할곳이업소이다。 슯흠이나、 피로움이나、 한숨이나

눈물이나、 그무엇을勿論하고、 당신이잇슬째에는、 나는그모든것을잘참앗나이다。그

리하고、 깃붐이나、 즐거움이나、 우슴이나、 무엇을물론하고、 당신과합세잇슬째에는

말솟마다、 솟이픠고、 소래마다、 쯧이소삿나이다。

靜子氏!

나는당신이죽엇다고는、 생각되지아니합니다。 그리하고、 죽엇슬째에도、 당신을죽은

사람갓치역이지아니하엿슴니다。 당신의시톄를、 당신이만든「이불」우에누인후、 나는

사 당 의 불 못　　　　　　　五二

그 옥을쓰러안고、울엇습니다。아! 그러나、내가섭히울지라도、당신은알지못하더이

다。이前갓흐면、크게놀내여、나의눈물을시처주며、「울지마르서요!」하고、위로하

여줄당신으로……

당신의아름다운죽음! 代理石갓혼당신얼골파손이、어름갓치、싸늘하여울지라도、나

는당신의가삼에、숨氣運이꼴고잇슬을보고、살니타고깃버하엿습니다。

그러나당신은죽엇슴니다。아! 눈물、눈을가리우는눈물、하엽업시써러저、나의옷을

적심니다。아! 당신은웨죽엇나이가?

어린아해는、격정하지마시오! 잘기로리다。그리하고당신이쓰신小說도걱정하지마시

오! ○○圖書會社와교섭하야、즉시出版케하오리다。그作品이世上에나오면、당신의

몸은비록죽엇스나、당신의生命은살겟지오! 그리하고당신의藝術은、길이빗날터이지

오!

아、靜子氏!

어린兒孩는、 당신의죽음을아는지、 몸에불이붓는것처럼、 심히울고잇소이다。 아해의

우름소래를드를째에는、 더욱가삼을、 칼로오려내는듯이、 아푸고저리외다。

靜子氏ㅣ

하날나라에서、 길이평안을누리시오、 나는어린아해를다리고、 쏫피는봄과、 비나리는

가을을、 한결갓치보내며、 외로움파、 설음으로、 이世上을맛치고저합니다。 그리하고

나의理想인、 그림운더욱힘써그리겟슴니다。 자! 그러면이다음죽어서、 다시맛나보사

이다。

十月五日

──(무덤에서도라와)──

사랑의불쏫

五二三

나 도 사 람 이 외 다

（넷男便永奎氏에게）

―― 삶에울는 李恩順으로부터 ――

永奎氏―

나도사람이야요。 남과갓치살아야할사람이야요。 男便의「노리쌈」이아니오、 父母의부속물이아닌、 당々한사람이야요。 나에게도、 偉大한個性이잇고、 나에게도偉大한世界가잇습니다。

求奎氏―

우리의結婚은、 사람과사람으로의結婚이아니엇습니다。 父母와父母사이에하는、 物物交換의結婚이엇습니다。 짜라서、 우리의夫婦生活은、 참夫婦로의生活이아니오、 肉과

肉의、儀式과儀式의生活이엇슴니다。그리하고우리사이에出生한어던아해도、그것이 참말사랑으로난、아름다운아해가아니오、盲目的肉으로나온、엇절수업는아해외다。

永奎氏!

再昨年가을이아니엇슴니까?三角山의丹楓이、어린아가씨의붉은치마자락갓치、바람에흣날니고、三防野뜰우에나린、하얀이슬이、美人의눈방울갓치、아참해에、빗나고 잇슬째이엿지오!이째、우리두사람은、서울貞洞禮拜堂에서、結婚式을거행하지아니 하엿슴니까?그러나、그째나는、겨우高等普通學校를졸업한、단순한處女로、世上물 정을도시아지못하엿슴니다。남편이무엇인지、가뎡이무엇인지、시집을가면、무엇을 하는지、아모것도아지를못하엿서요!다못부모가가라니까?부모의命令을억이지못하 야、당신에게로시집을가섯슬뿐이외다。

永奎氏!

당신은、처음부터、나의사랑하는男子가아니엇슴니다」。

사 랑 의 불 꼿

一二二

그리차고、理解잇는男子가아니엇슴니다。짜라서、당신은나의사랑하는男便이아니오

쏘는理解잇는男便이아니엇슴니다。당신은、나에게形式으로의男便이엇고、나도、당

신에게形式으로의안해이엇지오!。이리하야、두사람은、불갓혼사랑이흐르고、실쌜(絲)

갓치綿々한理解가잇는、夫婦가아니엇슴니다。다시말할필요도、업거니와、당신과나

사이에는、다못「모래」불쎄무는듯하고、서리(霜)를밟는듯한、차고、쓰리고、삼々한

滋味업는夫婦가안니엇슴니까?

아! 永奎氏!

歲月은흐릅니다。물흐르듯이잘々흐릅니다。당신과結婚을한지도、벌서三年이남엇구

러!그러나、結婚한지三年동안에、두사람사이에남은것은、무엇임니까?충돌파싸흠

파눈물파한숨뿐이지오!。그리하고、알수업는、어린애하나뿐이지오!아、나는당신의

안해라는、일홈아래、三年동안이나、나의어엽부고、香氣나는、고혼靑春을、눈물파

근심으로지내엿나이다。

永奎氏ㅣ

너머도책망치마소서。나는임의理智에눈썩사람이되엿슴니다。석어지고、내암새나는

舊道德에얼키여、그속에서、굼벙이갓치、우물〜살고잇슬사람이아니외다。「不貞

한女子라」「홰냥년이라」하고、정신업는道學者들이、야단을할지라도、그말에무서워

서、나의뜻아닌男子와살아갈女子가아니외다。나도사람이야요!사람으로의權利를가

진、당々한사람이야요。내마음대로살고、내뜻대로살수잇는、당々한사람이야요。

永奎氏ㅣ

이제부터、나는、내뜻대로살아야하겟슴니다。나를이제주소서。나들永遠히이저주소

서。오날부터、나는당신의안해가아니외다。그리하고、男子의부속품인女子가아니외

다。나는온전完全한사람이되여야하겟슴니다。그후에야、女子도되고、안해도되겟서

요!

永奎氏ㅣ

사랑의불꼿

一二三

당신도 時代思想을、조끔이라도 理解하신다면、나의 이 片紙에、만혼 동정을 하시리다。

夫婦사이에、메일 중한것은、사랑이 아님니까? 그러나 당신과 나 사이에는、그중 한사랑 이 업섯슴니다。이사랑이 업는 夫婦가、엇지 夫婦며、쏘는 男便이 되고、안해 가 될수 잇슴 니까?

【사랑!】「사랑은 人生의 쏫이외다。사랑을 모르는자처럼、불상한자는 世上에 다시 업슴니다 그리하고 사랑이 업는 家庭처럼、쓸々한 家庭은 世上에 다시 업슴니다。사랑을 알고、사랑 을 담은 家庭은、그 사람이 福된 사람이오、그 家庭이 꼿피는 家庭이며、사랑을 모르고、사 랑을 담지못한 家庭은、그 사람이 不幸한 사람이오、그 家庭이 沙漠의 家庭이외다。

永奎氏!

우리의 家庭에는 사랑이 업섯슴니다。싸라서、우리는 不幸한 사람이엇고、우리 家庭은 사 막의 家庭이 잇슴니다。그러나、사람은 잘사라야 합니다。할수잇는대로、自己 一生을 줄 겁게 지내고 愉快히 보내여야 합니다。『죽어 天堂을간다』이러한 말은、無識한 사람들의 잠고

대 소리뿐이오, 사람으로난이 상에는, 自己의靑春이, 스러지기前에, 마음씻힌것씻, 滋味
잇게지내고, 즐겁게지내여야합니다。 그러면、 우리도우리의滋味업는家庭을 쌔치고,
당신이나,내나, 各各새로운길을求하여야하지안켓슴니까?

永奎氏!
나는갑니다。 나는나의사랑하는愛人으로더부러、 滋味잇는나라를차저갑니다。 파히怒
하지마시오! 사랑하는사람이、 사랑하는사람을사랑한다는것은、 永遠한眞理외다。이
곳에、 참生命의피가뛰는、 眞正한宗敎가잇고、 道德도잇슬것이외다。이眞理대로사는
데대하야、 뉘가감히말을하며、 뉘가감히헛소리를하겠슴니까?

永奎氏!
우리의夫婦라는것은、 우리社會와父母가만들어논、 한작란거리엇슴니다。 당신은이것
만을생각하여주소서。 그리하고、 이작란거리의夫婦가、 장차써날날이잇구는것을、 생
각하여주소서。 그러면、 당신과내가、 서로써나는것이、 그리異常한일이 아니겟지으!

사 람 의 불 꽃

一一五

사 랑 의 분 씃

一一六

도리혀 正當한이라하겟지오! 써라서、 당신도나를그리책망치아니하겟지오─

永奎氏!

나는나의사랑하는愛人과와합세、 明日東京으로써남니다。 우리의前途에、 만히祝福하

여주소서。 그리하고、 지나가는歲月中에、 社會와父母의작란으도、 당신과내가、 한번

夫婦가되여보앗다는것만、 記憶하여주옵소서。

길이안녕하옵소서。 그만끈치나이다。

─(三月七日)─

사랑의 불꽃

발 행 | 2022년 06월 02일
저 자 | 조제이
펴낸이 | 한건희
펴낸곳 | 주식회사 부크크
출판사등록 | 2014.07.15.(제2014-16호)
주 소 | 서울 금천구 가산디지털1로 119, SK트윈타워 A동 305호
전 화 | 1670 - 8316
이메일 | info@bookk.co.kr

ISBN | 979-11-372-8436-4

www.bookk.co.kr
© 조제이 2022